Jean Gagliardi

Gardien de l'ombre

anticipation

© éditions Anser Fabulis 2019
Jean Gagliardi
Tous droits réservés.
ISBN: 979-10-93442-11-2

Nul ne sait vraiment ce qui s'est passé. Personne ne veut le savoir, semble-t-il. Cela va avec une forme d'amnésie que j'ai encore du mal à accepter. Pour savoir, il faudrait se souvenir, et se souvenir, c'est nous rappeler bien des choses désagréables. Mais cet effort n'est-il pas nécessaire, ne serait-ce que pour nous prémunir contre un retour des fléaux qui nous tourmentaient ? Je ne peux pas croire qu'ils aient entièrement disparu. Je sais, les individus qui pensent comme moi appartiennent à un passé révolu et c'est peut-être pour le mieux, mais je ne puis éviter de douter. Je crains toujours le pire. Se pourrait-il que nous soyons les jouets d'une sinistre farce ?

J'ai eu une première intuition de ce qu'il se passait quelque chose d'anormal quand j'ai croisé ma voisine de palier dans l'escalier ce matin-là et qu'elle m'a souri. C'était tellement inhabituel que j'ai vérifié par réflexe que je n'avais pas la braguette ouverte et je me suis arrêté un étage en-dessous après que nous nous soyons croisés. J'ai pensé qu'elle devait avoir eu un motif de rigoler de moi alors j'ai cherché en quoi je pouvais bien être ridicule à ses yeux. Cette vieille peau portait toujours, depuis dix ans que j'habitais là, un masque d'ennui et de colère. Elle passait son temps à engueuler le monde. Or voilà qu'elle avait l'air détendue comme après une bonne nuit de sommeil, ce qui n'avait pas dû lui arriver depuis longtemps. Je n'ai rien trouvé qui cloche sur moi alors j'ai poursuivi mon chemin, non sans une sourde inquiétude qui n'a fait que grandir à mesure que la matinée avançait. C'était une belle journée d'été. Tous les gens que je croisais dans la rue avaient l'air heureux. J'ai mis cela sur le compte du beau soleil et de cette ambiance particulière qui annonce l'approche des vacances.

C'est le seul moment de l'année que j'ai jamais aimé à cette époque où nous n'avions pas le choix que de travailler pour vivre. Non pas les vacances elles-mêmes qui étaient plombées par l'idée qu'elles finiront bien par s'arrêter et qu'il faudra reprendre le collier, mais leur approche délicate, à pas de loup. C'est comme dans l'amour, quand ma chérie s'approche de moi et m'embrasse tout doucement dans le cou, et que cela ouvre soudain des perspectives inimaginables. Voilà, ce matin du 22 juin d'une année déjà oubliée, nous en étions tout juste aux préliminaires, sans aucune idée de ce qui allait suivre. Les enfants, bien sûr, semblaient heureux sur le chemin de l'école mais cela n'avait rien pour me surprendre, c'était des enfants. Cependant ce jour-là les adultes souriaient et se disaient bonjour ou s'accordaient au moins un regard en se croisant, avec un hochement de tête ou une expression qui disaient qu'ils vous voyaient, qu'ils avaient remarqué votre présence… et personne ne semblait être pressé.

Je me souviens m'être demandé, tandis que je faisais la file à l'arrêt de bus, si j'avais raté quelque chose aux infos que je n'écoutais jamais : le gouvernement avait-il annoncé une amnistie fiscale généralisée, ou décrété que la prochaine année serait chômée mais rémunérée ? La Vierge Marie était-elle apparue à la télé en dansant le rock'n roll dans un strip-tease endiablée ? Les gens autour de moi échangeaient des amabilités avec de grands sourires et rivalisaient de gentillesse. Un lundi matin ! Une vieille dame s'est vue offrir de passer devant pour avoir une chance de s'asseoir dans l'autobus quand il arriverait. Un type a fait la manche en remontant la file, et tout le monde sauf moi lui a donné. J'ai même vu un gars en costume cravate lui mettre un gros billet dans les mains en lui disant quelque chose de gentil, j'hallucinais. Quand il s'est approché, j'ai grogné entre mes dents une invite à aller se faire foutre chez les Grecs, et le type a souri…

Je n'en revenais pas. Ça m'a turlupiné un moment, et puis j'ai compris où j'avais déjà vu des faces béates comme celles des personnes qui m'entouraient. C'était à l'époque où je me défonçais encore la tête avec tout ce qui me tombait sous la main, et plus précisément quand je m'étais retrouvé avec des jeunes qui avaient pris des ecstasy. Tout le monde avait l'air heureux. Moi ça m'a donné le cafard. Je n'ai jamais aimé ça, le bonheur artificiel. Ça me rendait malade, j'étais le seul à ne pas tripper. Je dois préférer le malheur naturel, c'est plus réel, plus vrai. Et donc, je me suis demandé si le gouvernement aurait mis quelque chose comme du MDMA dans l'eau du robinet. Pourtant, on n'était pas une année d'élection. Ou peut-être testaient-ils une nouvelle molécule, le nec plus ultra du contrôle social. À moins que ce ne soit un coup des terroristes. Cette idée a retenu mon attention. Quel beau coup ! Ce serait quand même pas mal plus malin que de jouer à nous faire peur avec leurs attentats à la con. Allez hop, un peu d'acide dans les tuyaux et toute la société part à vau l'eau !...

L'autobus est arrivé et comme d'habitude, j'ai joué des coudes pour monter. Mais ce qui m'a surpris encore, c'est que personne n'a résisté à ma poussée. Au contraire, les gens me laissaient gentiment passer, comme s'ils compatissaient avec le fait que j'étais pressé et que je stressais de risquer de ne pas pouvoir embarquer. Je me suis bientôt retrouvé juste derrière la vieille tandis que les portes ouvertes laissaient descendre quelques voyageurs, et là, je me suis senti... comment dire ? Bizarre. Trois lettres, quoi. Complètement à côté de la plaque, sans même savoir qu'il y avait une plaque d'ailleurs. Je me suis retourné et ils étaient tous derrière moi en train d'attendre tranquillement, relaxe, et le type derrière moi a hoché la tête de haut en bas en me regardant gentiment, un geste d'approbation toujours en souriant. Je me suis demandé si j'allais lui mettre mon poing dans la figure car je déteste qu'on se fiche de moi, et puis j'ai laissé faire. Si je m'énervais, j'allais me mettre en retard.

Pendant tout le trajet, cette histoire d'intoxication généralisée m'a travaillée. Comme quoi je suis un intuitif, l'air de rien. Je me suis dit qu'ils parleraient sans doute de l'empoisonnement de l'eau le soir-même au journal télévisé à la télé. Et puis il devait bien y avoir quelques types en ville qui comme moi ne buvaient que de la bière et du whisky pour rester lucides. Cela ferait la nique à la ligue antialcoolique, me suis-je réjoui. La vieille était à peine montée dans l'autobus qu'elle s'est vue offrir un siège. C'était décidément n'importe quoi. Le chauffeur disait bonjour à tout le monde, et les gens lui répondaient, et le remerciaient en descendant. Ça m'agaçait.

J'avais l'impression d'être arrivé sur une autre planète que celle que je connaissais. Ce n'était pas le monde dans lequel je suis né et j'ai grandi, où j'ai appris à vivre. C'est-à-dire à me battre, à rendre coup pour coup et à cogner le premier de préférence. Je me sentais un peu rustre au milieu de gens qui auraient été soudainement civilisés par je ne sais quel miracle. En admettant qu'ils soient devenus vraiment humains, j'étais resté à la case chimpanzé. Encore que tous les reportages que j'ai vu là-dessus m'ont démontré que nos amis les singes sont bien plus intelligents que nous socialement parlant. Ils ne se massacrent pas entre eux et ne détruisent pas leur environnement, eux, au point de mettre leur survie en danger...

Quand je suis arrivé à la bibliothèque où je travaillais, ça a continué. Ma chef de service m'a accueilli avec un grand sourire cordial. Je me suis demandé ce que cela cachait. La dernière fois que je l'avais vu sourire, elle nous avait convoqué le matin même en réunion d'équipe pour nous annoncer que deux d'entre nous étaient virés du fait de restrictions budgétaires. Il n'y avait pourtant rien là pour la réjouir, l'enfoirée, car cela signifiait un surcroît de travail pour tous mais elle jouissait de nous voir trembler : qui allait donc se retrouver sur le carreau ? Son autorité, par sa nature bornée assez chancelante, s'en trouvait renforcée. Une fois de plus, je vérifiais que le pouvoir est la drogue la plus dure qui soit. Marie, la secrétaire, qui était bien la seule dans la salle à penser un peu aux autres car elle était congénitalement gentille, s'était mise à pleurer, et la salope a alors poussé le vice jusqu'à la rassurer :

-    Non, non, Marie. Ne t'inquiètes pas, j'ai trop besoin de toi...

Aimable. Merci pour les autres. Le message était assez clair : rasez les murs et fermez la parce qu'en-haut, ils m'ont mis de l'artillerie lourde entre les mains alors si il y en un qui moufte, je l'allume et il ira pointer au chômage. Son petit œil porcin nous scrutait en nous laissant entendre que même si elle avait déjà choisi qui elle allait sacrifier sur l'autel de la rigueur budgétaire, elle pouvait encore changer d'avis. C'est vrai, je conçois que ce soit difficile maintenant à concevoir comment ils nous tenaient dans la terreur avec cette arnaque généralisée qui liait le revenu au travail mais même moi, j'avais du mal à respirer en pensant à mon loyer et à la pension alimentaire que je devais verser tous les mois. J'avais envie de lui sauter à la gorge et de serrer bien fort.

Elle a fait durer le suspense pendant trois quart d'heures en nous expliquant le plan de restructuration qu'elle avait mis au point avec la bénédiction de ses supérieurs. C'était toujours la même idée de base qu'on nous serinait sur tous les tons depuis des lustres : avec l'informatique et les services en ligne aux usagers, on a de moins en moins besoin de vous. Alors tenez-vous le pour dit parce qu'il y aura d'autres charrettes. Un jour, me suis-je dit alors, il ne restera que la chef et elle aura l'air maline alors, elle qui n'est pas foutue de faire marcher un ordinateur, toute seule au milieu des robots qui lui obéiront au doigt et à l'œil jusqu'au prochain bug. Mais surtout, elle n'aura plus l'occasion de se faire un petit trip de pouvoir, la chef, et ce sera la fin du jeu en ce qui la concerne elle aussi. Les chefs, c'est con par nature. Ils ont plus besoin de nous que nous d'eux.

Quand enfin elle a donné les noms de ceux qui se voyaient signifier leur congé définitif, il y a eu une onde de soulagement dans la salle. Mais j'ai tout particulièrement aimé Michel, qui était sur la liste noire en tant que le petit jeune contestataire qui venait tout juste de nous rejoindre et ne léchait pas assez les bottes au goût de Mme la Directrice, comme elle se faisait appeler. Il s'est levé dignement et il a dit, tout droit en inclinant un peu la tête vers elle pour bien marquer à qui il s'adressait, qu'il était heureux de penser qu'il n'aurait bientôt plus à l'endurer. Tout le monde s'est marré silencieusement et elle a enragé, ses yeux fulminant. Son autorité en avait pris pour son grade. Il n'y a pas eu de pot d'adieu pour Michel. Enfin, pas à la bibliothèque parce qu'on a quand même tous trinqué au bistrot pour le remercier. Tous sauf Edgar, bien sûr, la serpillière du service qui n'avait pas été invité au verre d'adieu.

Et donc, ce matin-là, la chef souriait et elle m'a dit bonjour. Après l'amabilité de la voisine dans l'escalier et les gens complètement partis dans la rue et dans l'autobus, cela faisait beaucoup d'indices d'une disjonction majeure dans l'espace-temps. Je n'ai pas été capable de lui répondre quoi que ce soit et j'ai seulement porté mes mains à mon front pour prétexter une migraine foudroyante et me précipiter vers le vestiaire. J'ai rangé ma veste et mon petit sac à dos et j'ai pris mon poste derrière le guichet. J'avais en effet un peu mal à la tête, les tempes qui pulsaient et les yeux qui brûlaient. Ma vue était légèrement brouillée. Je me suis demandé si j'allais me sentir mal. Et puis cela a continué. Marie est arrivée en retard dans une jolie robe rouge, et au lieu d'une parole désagréable, c'est un joyeux « Bonjour Marie ! Cela fait plaisir de vous voir ce matin ! » qui est sorti de la bouche du cerbère. Et elle m'a gratifié d'un beau sourire. Marie, je veux dire. Un sourire qui m'a rendu heureux quelques minutes, fallait le faire.

J'ai passé la journée dans un état second, me demandant plusieurs fois si j'allais me faire porter pâle. C'était peut-être moi qui avait bouffé quelque chose qui déformait mes perceptions, me suis-je dit. Pourtant, je n'avais pas fait d'abus de whisky la veille, juste deux bon verres bien tassés. J'avais mangé des pâtes, peut-être avariées, mais rien qui soit susceptible de causer des hallucinations. Il y avait quelque chose qui clochait. Après mon temps de présence au guichet, où il m'a fallu essayer d'offrir mon meilleur visage à des usagers qui, à leur tour, rivalisaient de gentillesse souriante, je me suis réfugié dans une de mes activités favorites : le classement des livres qui nous avaient été retournés. Cela me donnait l'occasion de faire connaissance avec des bouquins dont je n'aurais jamais soupçonné l'existence. Je traînais dans les rayons, je les rangeais un par un en veillant qu'ils soient au bon endroit, à la bonne place où on pouvait les retrouver pour peu qu'on comprenne la nomenclature du classement. Je les ouvrais pour vérifier leur état, je les caressais avant de les ranger, je regardais s'ils étaient bien entourés...

J'aime les livres. À la différence des humains, cela ne change pas, un livre. Une fois que c'est écrit, c'est écrit et on peut l'emmener partout, si on l'aime vraiment, comme un compagnon fidèle. Ça ne vous laisse pas tomber, un livre. Cela ne décide pas un jour que vous êtes juste une vieille chaussette sale juste bonne à payer une pension alimentaire, un livre. Ça vous parle d'amour sans risque d'attraper des cochonneries ni de vous faire une crise de jalousie parce que votre regard a dérapé sur la croupe ou sur les seins d'une jeune nana. Cela ne se barre pas avec un surfeur musclé et bronzé qui baragouine trois mots d'espagnol et passe le reste de son temps à regarder dans le vide devant lui. Et au pire, si on perd le livre qu'on aime, on peut toujours le racheter et alors, même si on a perdu toutes les annotations par lesquelles on se l'est approprié, c'est une nouvelle histoire d'amour qui commence.

Les livres ont une autre vertu. Ils se souviennent de l'Histoire. Ils nous font rêver, ils nous racontent des histoires. Ils accumulent nos connaissances et nos réflexions depuis des milliers d'années maintenant. Et ce sont les gardiens de notre mémoire. Ils nous rappellent que rien n'a vraiment changé depuis que les légions romaines ont rasé Carthage et jeté du sel sur sa terre maudite pour que rien n'y repousse. Il ne fait pas bon défier l'Empire, hein Hannibal ? Je t'honore, tu les as fait trembler dans leurs toges avec tes éléphants. Quelle idée, de passer par les Alpes ! Quel coup de maître. D'autres diraient que rien n'a changé depuis que le Christ a été crucifié, ou encore depuis que le Temple de Jérusalem a été détruit, mais cela fait trop de références religieuses à mon goût. Je préfère saluer à ma façon la mémoire de Didon, la reine qui préféra se jeter dans le feu plutôt que d'être donnée à un homme qu'elle n'aimait pas. Bon, voilà, j'aurais dû être historien au lieu de m'enfermer dans une bibliothèque. Et peut-être aurais-je été historien à défaut d'être chef de guerre comme Hannibal, mais ça, la guerre, je l'ai assez vue et en la voyant, j'ai vu le fond de l'être humain. Le fond obscur, dont nul n'a mieux parlé que Conrad avec son voyage.au cœur des ténèbres. C'est dans l'Histoire et dans la littérature que se niche pour moi notre vérité.

La journée s'est passée comme ça, sans faire de vagues à ranger un livre à la minute sans forcer. Personne ne m'a rien demandé, j'ai pu m'enfermer dans le silence. Marie s'est montrée gentille avec moi, mais ça, j'avais l'habitude. Elle était bien mignonne avec des yeux noisettes et des boucles brunes, et son sourire était le seul qui me rentrait directement dans le cœur mais je préférais ne pas rêver. Les collègues que j'ai vus ce jour-là ont été sympas, comme toujours. On se saluait de la tête avec parfois un petit mot, un clin d'œil. C'est un des services que nous rendaient les chefs : il y avait une solidarité le plus souvent muette entre celles et ceux qui supportaient le système, c'est-à-dire qui le portaient sur leur dos. Ils souffraient et cela les rapprochaient. Ils se retrouvaient parfois dans le grand rêve d'en sortir, du système, de faire la grève générale et d'arrêter de le faire tourner sur leur dos fatigué. Et puis on savait que c'était un rêve et on revenait aux choses sérieuses, aux enfants qui poussaient et aux factures qu'il fallait payer, et à toutes les maudites raisons qui nous enchaînaient à la roue. Mais au milieu de tout ça, il y avait des petits signes de connivence qui faisaient qu'on se sentait moins seuls, et c'était bon, comme la camaraderie entre soldats quand tout ce qui vous entoure est hostile et que la moindre caillasse peut cacher un engin explosif qui va vous péter à la gueule sans crier gare. Il faut la nuit noire pour voir les étoiles, n'est-ce pas ?

Quand je suis rentré chez moi ce soir-là, j'ai ouvert la télé pour voir les informations, ce que je ne faisais jamais d'habitude. Je détestais le journal télévisé et leurs gueules de vide-ordures pendant qu'ils nous déversaient tout ce qui allait mal sur la tête. J'avais l'impression, quand je regardais les actualités télévisées ou que je lisais les journaux, d'être pris pour une poubelle et de recevoir tous les immondices que ce monde pouvait générer. Et voilà encore que, ce soir là, le présentateur souriait. J'ai changé de chaîne, de journal, mais ils s'étaient donnés le mot. J'aurais juré qu'ils avaient les yeux brillants et ils semblaient joyeux, un peu excités comme des enfants à Noël. D'ordinaire, ils avaient un air compassé quand ils vous annonçaient la mort de 230 personnes dans un accident d'avion, et des yeux vides, presque fixes et un sourire factice sur leurs faces inanimées. Mais là, j'ai entendu quelque chose d'extraordinaire. Après nous avoir dit bonsoir, le présentateur a annoncé qu'il avait de bonnes nouvelles à nous communiquer.

Le gouvernement des États-Unis avait décidé une suspension immédiate et unilatérale de toutes ses activités militaires. Le porte-parole du Pentagone a déclaré devant la caméra qu'il y avait certainement une autre solution que les bombardements pour régler nos différents, et que toutes les parties concernées étaient invitées à une rencontre pour examiner les possibilités d'apaisement des conflits en cours. Cela n'a semblé surprendre personne. Le ministre chinois des affaires étrangères est ensuite apparu à l'écran pour dire qu'il se rendrait avec plaisir à cette invitation, et que dans un geste de bonne volonté, son gouvernement avait décidé la libération immédiate de tous les contestataires emprisonnés, avec les excuses du Parti pour leur avoir infligé de mauvais traitements. Dans la foulée, il a annoncé l'abolition de la Grande Muraille électronique qui empêchait les Chinois de communiquer avec le reste du monde. Là encore, aucune réaction de surprise ni même un commentaire sur la nature surprenante de telles décisions. Il n'y a pas eu de réactions officielles mais un cortège d'annonces tout aussi fantaisistes a suivi sans discontinuer.

Les islamistes avaient disparu, les combats avaient cessé sur tous les fronts où ils opéraient. Le président russe avait convoqué la presse pour féliciter publiquement les américains pour leur initiative et annoncer par ailleurs qu'il invitait l'opposition à venir le rencontrer pour discuter des moyens d'améliorer la démocratie dans leur pays. Des gays avaient été vus en train de s'embrasser dans les rues de Moscou sans que personne ne s'en offusque. En Arabie Saoudite, le roi s'était excusé auprès des femmes et avait annoncé qu'elles avaient désormais les mêmes droits que leurs maris, pères et frères. Les forages pétroliers en Arctique avaient été interrompus car ils pourraient mettre en danger une des dernières réserves de vie sauvage sur la planète, avait déclaré un représentant de Shell. Un consortium issu de l'industrie pétrolière avait mis en place dans la journée un fond d'aide au développement de sources d'énergie respectueuses de l'environnement. Une compagnie fabriquant des cigarettes avait émis un communiqué pour avertir qu'elle retirait tous les paquets qu'elle avait mis en vente car les additifs qu'elle ajoutait pour favoriser la dépendance étaient dangereux. Et ainsi de suite...

J'étais enfoncé dans mon fauteuil. Je me suis resservi un verre bien tassé que j'ai avalé en trois lampées. J'avais envie de pleurer. C'était incroyable. D'ailleurs, je n'arrivais pas à y croire, comme toujours quand c'était la télé qui le disait. La boite à conneries, je l'appelais. Sauf que là, ils disaient tous la même chose, et sur Internet, c'était le même délire généralisé. Les réseaux sociaux bruissaient de bonnes nouvelles. Une telle, qui avait lancé un appel voilà quelques jours pour financer le voyage de rêve qu'elle ne pourrait jamais se payer, croulait sous les dons. Un autre annonçait qu'il faisait portes et table ouvertes dans sa grande maison, et qu'il invitait tout le monde à donner son adresse aux sans-abris. Tant de gentillesse dégoulinante m'a donné soif alors je suis allé chercher une bière dans le frigo. Je vacillais un peu sur mes guibolles. Le plus étonnant dans tout cela, c'était donc que personne ne semblait s'étonner de tout cela. C'était normal, naturel. C'est vrai que c'était naturel et que c'est nous, comme nous vivions avant, qui n'étions pas normaux. Krishnamurti l'a très bien dit, comme quoi être adapté à une société malade n'était certainement pas un signe de bonne santé. M'enfin là, la planète était passée en 24h de l'agonie au fond d'un lit d'hôpital avec une tumeur au cerveau qui rend méchant à une rémission qui semblait tenir de l'Éveil du Bouddha sous son arbre, et personne n'était surpris. Sauf moi.

Le bouquet final, ça a été les images avec lesquelles le journal télévisé s'est terminé en caméra libre. Un peu partout dans le monde, d'énormes foules avaient commencé à se rassembler dans les rues avec un seul mot d'ordre décliné dans toutes les langues : LOVE. Des millions de chinois criaient leur amour au reste de la planète, et d'autres millions d'américains, d'européens, d'africains, de brésiliens, etc... leur répondaient en chantant en chœur la même ritournelle. La circulation était arrêtée à New York, Washington, Londres, Paris, Berlin, Rome... et dans la plupart des grandes villes, car tout le monde était dehors. Les jeunes, les vieux, les flics et les autres... même les hôpitaux se vidaient et tout ce qui pouvait bouger, fut-ce en fauteuil roulant ou en civière, participait au mouvement de folie générale. Les automobilistes qui étaient pris dans cet immense happening klaxonnaient joyeusement. Les gens dansaient et s'embrassaient. Aux journalistes qui les interrogeaient, ils répondaient qu'ils étaient là pour célébrer la vie tous ensemble. Et ils envoyaient des baisers à la caméra. Je ne vous cacherai pas que j'en ai eu les larmes aux yeux. Oui, j'ai pleuré. C'était trop.

Et puis ça a été le comble. Le présentateur nous a regardé avec des yeux humides et il a dit qu'il avait un message personnel à nous communiquer. Il a regardé intensément la caméra et il a continué en disant que ce message était fort simple. Il a expliqué qu'il était reconnaissant d'avoir la chance de s'exprimer sur les ondes pour nous dire, à chacun et chacune d'entre nous, combien il nous aimait. « Je vous aime », a-t-il dit sans ciller, comme s'il nous tendait un bouquet de fleurs au travers de l'écran. Là, j'ai littéralement sauté en l'air et, de surprise, j'ai renversé ma bière sur mes genoux. Le chat, qui s'était endormi sur moi, a fait un bond en miaulant de façon déchirante et en se secouant. Je n'étais pas sûr d'avoir envie que cet abruti m'aime. Moi, je ne l'aime pas, ai-je secoué la tête. Oh, non, je ne l'aimais pas et je n'avais vraiment pas envie qu'il m'aime. Je me voyais déjà acheter des actions dans la vaseline.

J'en étais là de mes pensées qui noircissaient à vue d'œil quand dehors, une rumeur a enflé et je suis allé voir à la fenêtre. Il y avait un cortège qui passait dans la rue, des gens en train de chanter en se tenant par le bras, envoyant des baisers de la main à tous ceux qui les observaient, et qui venaient ensuite naturellement les rejoindre. Des familles entières avec des enfants, des chaises roulantes comme si on avait décidé de sortir tous les vieux pour leur faire prendre l'air, et encore une fois, des gens heureux, souriant, chantant et s'embrassant. J'ai été tenté de descendre moi aussi dans la rue, d'aller voir de plus près ce qui se passait, et puis j'ai eu peur. Peur d'être emporté par le mouvement, de me dissoudre dans la douce euphorie qui se dégageait de cette foule grossissante, qui n'en finissait pas de passer sous mes fenêtres. Ce n'était pas normal. J'ai eu envie d'ouvrir la fenêtre, de leur faire au moins un coucou de la main. Et puis je ne m'en suis pas senti la force. Quelque chose me plombait en dedans.

Je me suis sérieusement interrogé sur ma santé mentale. Se pouvait-il que tout le haschich que j'ai abondamment fumé pendant longtemps m'ait finalement dérangé le cerveau et complètement insensibilisé ? Étais-je en train de devenir fou ? Oui, c'était possible, sauf que c'était le monde qui semblait être devenu fou. Depuis le temps que j'espérais que cela change, je n'aurais jamais imaginé que cela se passerait comme cela. Je pensais qu'il faudrait un carnage, un immense coup de balai. Le monde nouveau, nous allions le construire sur des ruines fumantes après avoir vidé tous nos chargeurs de munition. Ce qui arrivait était insensé. Étais-je en train de rêver ? Ce n'est pas vrai, me disais-je. Cela ne peut pas être vrai. J'ai pleuré, abondamment pleuré ce soir-là. Je ne savais pas sur quoi je pleurais. Je pensais à mon fils, aux petits-enfants que j'aurai peut-être un jour. Et cela m'a finalement rasséréné. Quoi qu'il soit en train de se passer, cela ne pouvait pas être pire que ce qui se passait déjà dans le monde.

Les jours suivants, le déluge de bonnes nouvelles a continué. Le directeur de la Banque Centrale Européenne a indiqué qu'il démissionnait après avoir suspendu, selon ses mots, toutes les mesures restrictives qui étranglaient les populations européennes. Là il m'en a bouché un coin : il fallait que l'Europe devienne sociale, qu'elle appartienne aux européens et non aux lobbys établis à Bruxelles. Israël est revenu sur les frontières de 1967 et annonçait vouloir créer un partenariat économique avec ses voisins, qui applaudissaient. Ils allaient aider les palestiniens à se développer. Les grands hôtels un peu partout dans le monde ouvraient leurs portes aux sans-abris. Plusieurs compagnies pharmaceutiques avaient décidé de mettre à disposition gratuitement les traitements essentiels pour lutter contre plusieurs maladies graves. Des politiciens faisaient un bref mea-culpa pour signer leur départ à la retraite, s'excusant d'avoir tapé dans la caisse et invitant les jeunes à venir prendre la responsabilité du futur de notre planète, de leur avenir.

Et toujours nulle part, personne pour s'étonner, se demander ce qui se passait. Cela se passait comme l'arrivée de l'été, naturellement. Pas d'émission spéciale, de débat ni d'expert convoqué pour nous donner son avis. Juste une succession de bonnes nouvelles en rafales, comme si on était habitués. Notre premier ministre est apparu à la télé, souriant en tee-shirt et en jeans, pour annoncer que le gouvernement allait proposer, avec l'accord des partenaires économiques et sociaux, de mettre en place un revenu de base universel. Les leaders de l'opposition se sont succédés à l'écran pour le féliciter et indiquer qu'ils se joindraient à la réflexion. C'était le monde à l'envers. Ou peut-être à l'endroit, pour la première fois, alors quand on l'a toujours vu à l'envers et qu'on a de la mémoire, l'endroit ce ne peut sembler être que l'envers...

La fête ne s'est jamais arrêtée. C'est sans doute ce point qui m'a le plus touché finalement dans ce qui est arrivé, et qui m'a fait sentir le plus à part. J'ai toujours été un peu sauvage et les années que j'ai passé en Afghanistan avec un fusil automatique sur les genoux ne m'ont pas arrangé. J'ai vu des choses que je ne pourrai pas oublier, et qui me font douter de l'humanité. Mais plus que jamais, j'ai ressenti dans les jours qui ont suivi le grand tournant combien j'étais, où que j'aille, un étranger voué à marcher sur la face sombre de la lune pendant que les autres dansent au soleil. J'étais, je suis toujours, exilé du royaume de Dieu. Les foules dehors grossissaient encore, si c'était possible. Les gens étaient d'un calme incroyable. Ils se donnaient la main, ils priaient à haute voix ensemble dans les rues. C'étaient des prières de gratitude. Les leaders religieux ont abdiqué d'une façon assez générale en disant qu'une nouvelle dispensation était en cours, et que les églises, mosquées et autres temples resteraient ouverts, mais comme des lieux où nous étions invités à prendre une halte quand nous passions, rien de plus. Les gens parlaient de moins en moins, et quand ils apparaissaient à la télé, c'était le plus souvent pour dire : « je vous aime ».

Les parcs étaient remplis de personnes qui faisaient de la musique, qui dormaient là, qui faisaient l'amour sans que cela n'offusque qui que ce soit. Au bout de quelques jours, on a commencé à voir des gens se promener nus, et en particulier des femmes, sans que personne, sauf quelques abrutis dans mon genre, ne se retournent sur leur passage. Les foules ont commencé à se disperser après quelques temps mais c'était encore un signe de la mutation, comme si les gens n'avaient plus besoin de se tenir ensemble pour se sentir connectés. Un incroyable silence s'est installé un peu partout. Le trafic automobile a diminué d'une façon drastique sans que personne ne l'ait demandé. On a recommencé à entendre les oiseaux, le vent. Une fois de temps en temps, par endroit, quelqu'un éprouvait le besoin de chanter ou des amis jouaient un morceau de musique. C'était reçu comme un cadeau, avec de la gratitude et non plus des applaudissements. Des poètes disaient leurs textes au coin des rues devant des assemblées en profond silence. À un moment, j'ai compris la nature de ce silence car il m'avait sauvé la vie quand je suis rentré d'Afghanistan : le monde entrait en méditation généralisée. Encore une fois, j'ai pleuré. C'était trop beau pour être vrai.

Un élément d'explication est sorti discrètement dans les médias dans les semaines suivantes, enterré sous l'avalanche de nouvelles toujours plus extravagantes qui nous parvenaient. Mais j'étais désormais sur le qui-vive, je surveillais désormais tous les sites d'information et la télé restait ouverte sur la chaîne d'information continue. La chef n'a pas vu d'inconvénient à ce que je me promène avec un écouteur dans l'oreille dans la bibliothèque pour écouter les infos. Je craignais le pire. J'attendais le retour de manivelle. Mais non, l'autre taré barbu qui dirigeait l'armée islamiste a annoncé que Dieu avait proclamé une ère de paix éternelle sur terre et les autres lui ont emboîté le pas. Même ceux qui avaient juré de lui faire la peau remerciaient Allah et vantaient les mérites de l'islam comme religion enracinée dans la paix. Et puis j'ai vu passer une brève sur Internet. Un groupe d'astrophysiciens indiquait qu'ils avaient détecté un changement étonnant dans la qualité du vide interstellaire, comme si notre système solaire était entré dans un immense nuage de particules à haute énergie.

Une des conséquences, qu'il leur fallait encore vérifier, était que la distance à partir de laquelle les interactions entre particules devenaient quantiques au lieu d'être classiques avait augmenté. C'était stupéfiant car on considérait jusque-là que c'était une des constantes fondamentales déterminant l'existence de l'univers sous la forme que nous lui connaissons. Je me suis souvenu alors des recherches qui montraient que le cerveau pourrait avoir les propriétés d'un condensé de Bose-Einstein, c'est-à-dire d'une interface entre les niveaux quantiques et newtoniens de la réalité physique. Bien sûr, c'est le genre de recherches qui ne pouvaient rapporter un kopeck alors elles étaient passées inaperçues, sauf à quelques rats de bibliothèque comme moi. L'idée sous-jacente était que la conscience pourrait être un phénomène de nature quantique, donc ondulatoire et non-localisable, et que le cerveau servirait d'antenne, et il faut le dire, de filtre, pour nous permettre d'appréhender une réalité bien newtonienne d'apparence, c'est-à-dire solide, continue et localisée dans l'espace-temps. Mais alors, si la constante régissant l'interface entre les ordres physique et psychique de la réalité avait changé, toute la conscience avait changé. La Terre avait pris un acide coupé au MDMA, ou mieux encore, elle était en train de vivre un éveil planétaire.

Cette idée m'a enthousiasmé. Enfin, j'envisageais un début d'explication qui se tenait. Les dates correspondaient. L'un des physiciens semblait avoir envisagé la même chose que moi. Dans une interview, il disait que le système solaire venait d'entrer dans un nuage rose qui nous faisait voir la vie du bon côté. C'était un phénomène d'ampleur galactique aussi il n'y avait pas lieu de s'inquiéter, nous n'en sortirions pas de sitôt. Mais il restait, me suis-je dit en l'écoutant, quelques individus récalcitrants comme moi. Nous étions peut-être cinq par million. Ou peut-être plus, j'ai une théorie à ce sujet. En ce qui me concernait, l'évolution cosmique m'avait coupé l'envie de boire mais elle ne m'avait pas rendu optimiste ni ôté la mémoire. Après trois jours à m'émerveiller de ce que finalement l'univers avait trouvé une façon de ramener l'espèce humaine à la raison sans faire plus de casse, j'ai commencé à m'inquiéter. Et si tout cela était une arnaque montée par des prédateurs extraterrestres qui nous auraient injecté un euphorisant pour mieux nous neutraliser ? Qu'adviendrait-il si un malade dans mon genre en pire, du genre dictateur impénitent, mettait la main sur les stocks d'armes que nous avions encore en réserve ? Il suffisait à l'ombre, d'où qu'elle vienne, d'attendre que nous nous débarrassions de tout système de défense, comme c'était dans l'air du temps...

J'ai recommencé à méditer, à me donner de longues plages de silence et d'intériorité. Parmi les changements les plus notables, une nouvelle organisation du travail était en train d'apparaître. Tout le monde était d'accord sur l'idée du revenu de base universel, un revenu assez élevé pour permettre à chacun de vivre décemment. Une des plus belles conséquences de cette vision, qu'on avait justement qualifié de la première idée positive du XXIème siècle, c'est qu'il était très généralement accepté que le travail, pour être bien fait, devait toujours être volontaire. Alors, en attente de ce que le nouveau système de distribution des revenus soit opérationnel, il avait été décrété un peu partout qu'on viendrait travailler quand on voudrait. Les gens s'organisaient tout simplement pour que ça tourne, que le boulot soit fait. L'ambiance avait radicalement changé à la bibliothèque : nous avons tenu une assemblée générale et nous avons convenu d'un système de roulement pour que le service offert soit toujours de premier ordre. La chef nous a invité à l'appeler Martine et c'est elle qui a pris le plus d'heures de présence. Je me suis retrouvé à travailler deux jours par semaine répartis en quatre demi-journées pour le même salaire. J'en ai profité pour approfondir mes recherches et pour méditer.

Plus ma réflexion s'approfondissait, et plus j'étais saisi par une vision large de l'histoire de l'humanité. Ce qui arrivait était logique, comme le début de l'entrée dans l'âge adulte après une adolescence tourmentée. Pendant quelques millénaires, nous avions tapé dans le frigo sans réfléchir et puis un jour, la lumière se fait même dans les esprits les plus obtus : tout ce qu'il y a là ne tombe pas du ciel. Merci papa, merci maman, de pourvoir au nécessaire et à l'agréable. Il était temps que nous remercions la Pacha Mama. Même moi, j'étais porté ces jours-là à dire merci. Nous étions dans la position du jeune camé qui, après s'être bien défoncé la tête, touche enfin terre. Le cosmos nous avait offert une thérapie accélérée qui tenait de l'ouverture mystique. C'était merveilleux, inespéré, mais il y avait un danger persistant : l'idéalisme naïf. L'autre extrême. Je suis parvenu à une conclusion : il fallait que quelqu'un rappelle aux humains l'existence de l'ombre, ne serait-ce que pour qu'ils soient capables de s'en prémunir. Il est important d'honorer l'ombre, sinon elle se venge.

Quasiment tous les films de violence, de guerre et de meurtre dont nous raffolions tant avaient disparu. Il fallait les chercher pour les trouver. Je songeais à cette coutume qui voulait qu'en Inde, il y ait un temple dédié à la Déesse au milieu du village, auquel les villageois allaient porter des offrandes tous les jours. Des fleurs, du lait et de la nourriture pour remercier. Et puis il y avait un autre temple dans la forêt où une fois par an, les villageois se rendaient de nuit en procession éclairée par des torches. Là, les bas-reliefs ne montraient pas des scènes érotiques mais des monstres dévorants et des effigies de Kali, la grande Mère qui coupait des têtes. On y célébrait une autre sorte de mystère, le mystère de la nuit. On faisait la paix avec les forces obscures, on leur donnait un tribut pour qu'elles nous laissent vivre sans interférer avec notre bonheur. Le Carnaval chez nous avait la même fonction, avec cette admirable coutume consistant en faire entrer un âne dans les églises. C'était le rôle aussi de la méchante sorcière des contes de fées, de la Baba Yaga. Elle permet aux enfants et aux plus grands d'apprivoiser l'envers du monde. Or quoi qu'on en dise, la maladie et la mort n'avaient pas disparu. Et j'aurais parié que le mal non plus. Nous n'étions pas revenus au jardin d'Éden.

J'en étais là de mes réflexions quand j'ai rencontré Ivan. J'avais remarqué cet homme mûr aux cheveux grisonnant avec un visage émacié et un profil d'aigle qui venait régulièrement à la bibliothèque. Il empruntait souvent des livres liés à la seconde guerre mondiale. Nous avons sympathisé quand il est venu me trouver pour demander si nous pourrions commander un livre qui était paru l'année précédente sur la bataille de Stalingrad. C'était une demande assez incongrue dans la nouvelle ère de paix et d'amour. Plus personne ne s'intéressait à ces choses-là. Déjà qu'avant le grand renversement, la connaissance de l'Histoire se limitait à peu près aux sujets choisis par Hollywood, mais voilà qu'il y avait désormais un consensus muet pour tourner le dos à l'âge de l'Obscurité. Et si on en va par-là, les grandes guerres du

XXème siècle, c'était pas loin du summum de l'obscurité, comme une nuit noire sans lune. Quant à Stalingrad, n'en parlons même pas. Les russes ont tenu la ville un an sous les obus devant les nazis qui avaient fait une percée fulgurante jusque-là. Ils ont stoppé la meilleure armée du monde et elle a gelé dans l'hiver russe. Cela a été le tournant qui a fait perdre la partie à Hitler. Mais qui s'en souvient ?

Ivan était russe, et il se souvenait. Il avait passé quelques années en Afghanistan lui aussi, mais pas à la même époque. Il avait vécu la déculottée que s'était prise l'Armée rouge devant les moudjahidins quand Washington leur fournissait des missiles anti-char. Et puis il avait fait de la taule pour avoir fait connaître publiquement quelques opinions non conformistes, avant de se trouver un jour tout ahuri d'être libéré avec la perestroïka. Il avait beaucoup voyagé et il s'était finalement installé dans notre beau pays avec sa misère et ses souvenirs. Il en avait, des souvenirs, qui valaient les miens. Quand il est arrivé avec sa demande et un air timide, je lui ai répondu en roulant les r à la russe sur un ton qui l'a fait rire :

-    Ah, Stalinegorrrad ! La plus grande bataille de l'Histoire...

Et Dieu sait qu'il ne riait pas souvent, Ivan. Mais mon imitation de l'accent russe l'a dilaté et le fait que je sache de quoi il était question, soulagé. Et nous avons commencé à parler à bâtons rompus. D'abord de Stalingrad et de la VIème armée allemande. Puis de la Russie et de son sacrifice de 20 millions d'âmes qui remettait en proportion tout le cinéma qu'avaient fait les occidentaux. Nous nous sommes donnés rendez-vous en dehors de la bibliothèque pour continuer à échanger. Pendant un bout de temps, nous avons pris des cafés. Il m'interrogeait sur ma vie. Je lui disais mes inquiétudes, mes rancœurs aussi. Il y faisait écho. Cela faisait longtemps que je n'avais personne à qui parler. Je l'ai invité à souper à la maison. Il est arrivé avec une bouteille de vin. Je n'avais pas préparé le souper pour quelqu'un d'autre que moi depuis que j'étais arrivé dans cet appartement. Ce soir-là, il m'a parlé de sa femme qui était morte du cancer tandis qu'il était en prison. Il m'a montré une vieille photo. Elle était belle, avec des tresses blondes et un sourire radieux au bras du jeune sous-officier Ivan en uniforme. La bouteille finie, nous avons chanté nos anciennes chansons de marche.

Comme moi avec le whisky, Ivan avait une longue histoire d'amour avec la vodka mais il n'y touchait quasiment plus depuis le grand changement. Quand je suis allé le voir chez lui, il a tout de même ouvert une bouteille pour fêter ça. J'étais le premier étranger à entrer chez lui depuis longtemps. Nous nous sommes rendus compte que nous supportions mal l'alcool. Au troisième verre, nous divaguions sans retenue. Après avoir passé une partie de la soirée à discuter autour d'un livre de photos qui montrait Berlin occupée par les russes en 1945, où son père s'était illustré, nous nous sommes mis à pleurer ensemble sur nos guerres respectives, les copains que nous avions perdu, les saloperies que nous avions vues et celles que nous avions faites. Il m'a raconté

Kandahar en 1985, et je lui ai conté Kaboul vingt ans plus tard. Nous avons communié dans notre ancienne passion commune pour le haschich afghan, rivalisant d'anecdotes. Nous étions comme deux anciens compagnons d'arme.

Ivan avait un acolyte. Julien était un jeune homme triste qui ne parlait pour ainsi dire jamais. Il était toujours habillé de noir. Il avait un teint blafard et de longs cheveux bruns, généralement sales et un peu hirsutes, qui encadraient un visage maladif. Il habitait avec sa grand-mère dans le même immeuble et faisait les courses d'Ivan qui en échange avait décidé de se charger de son éducation. L'éducation selon Ivan se résumait à une bonne connaissance de l'histoire de la Sainte Russie et la lecture commentée des journaux. C'était déjà pas mal. Il lui avait aussi appris le jeu d'échecs mais de son propre aveu, cela ne présentait pas grand intérêt car le garçon n'avait aucun sens stratégique. Une bonne agressivité mais pas la moindre subtilité, disait Ivan. Sur ses poignets, il y avait encore les traces d'une tentative qu'il avait fait quelques années auparavant de s'ouvrir les veines. Julien me semblait incarner le malheur, qui n'avait donc pas disparu de cette terre.

Ivan me distilla son histoire, qu'il avait lui-même appris de la grand-mère. Son père avait quitté le domicile familial quand il était petit et sa mère toxicomane s'était longtemps prostituée. Julien avait vu les hommes défiler à la maison et avait parfois subi leur violence. Alors qu'il avait une dizaine d'années, il avait retrouvé sa mère morte, vraisemblablement suicidée. Il avait été brinquebalé d'une famille à l'autre avant que sa grand-mère ne le recueille. Quelque chose s'était mal passé avec un de ses oncles. Dans ses yeux, il y avait quelque chose de glacé qui tournait parfois en lueur brûlante. C'était de la haine pure, même pas raffinée, qui me donnait froid dans le dos. Je connaissais ce regard de bête traquée, je l'avais vu trop souvent chez des hommes qui avaient déserté l'humanité et qui auraient saigné leur propre mère à blanc avec un couteau. Mais il adorait Ivan, qu'il appelait « mon lieutenant » en référence au grade de celui-ci dans l'armée rouge.

Au fil du temps, Ivan et moi nous sommes aperçus que nous partagions la même préoccupation devant l'effacement de l'ombre. Nous avions tous deux le sentiment d'une amputation de quelque chose d'essentiel, non seulement de notre mémoire, mais de notre être. Un jour, j'ai retrouvé dans mes archives une affiche que je lui ai amené et qui nous a fait jubiler : on y voyait une petite fille tenant en laisse un crocodile qu'elle promenait dans des escaliers, et il était écrit que notre obscurité nous garderait entiers. C'était ça, nous étions des hommes entiers. Ivan avait une vision assez conservatrice des choses. Si les hommes ne se battaient plus, d'après lui, cela en serait fini de la virilité masculine après deux générations. On ne ferait plus des enfants que par insémination artificielle. Toute l'humanité allait se féminiser d'après lui, et il était convaincu que tout ce qui arrivait depuis quelques mois était le résultat d'un complot ourdi par des juifs homosexuels. Ma thèse du nuage rose lui paraissait tirée par les cheveux, il y voyait plutôt la main du démon. Il insistait sur le fait que c'était certainement des juifs, mais surtout, bien sûr, des homosexuels qui avaient décidé de convertir toute l'humanité. Au judaïsme ? Ai-je eu la bêtise de lui demander. Mais non, à leurs pratiques sataniques, voyons. Ivan était un russe blanc orthodoxe pure vodka.

J'avais du mal à suivre son raisonnement et ses arguments me laissaient froid, quand ils ne me dérangeaient pas carrément, mais nous étions d'accord sur l'essentiel. Cela se résumait à l'idée qu'il fallait agir. Pour des raisons différentes, nous pensions que l'heure était grave et que seuls des hommes déterminés pourraient renverser le cours des choses. Cela tombait bien, nous étions tous deux d'anciens militaires rompus aux opérations spéciales. Le soir où nous sommes tombés d'accord à mots couverts sur le principe d'une opération « comme au bon vieux temps », l'atmosphère entre nous a changé. La vodka est réapparue sur la table, et la fois suivante, j'ai amené une bouteille d'un excellent whisky, histoire de ne pas être en reste.

Julien, qui suivait nos discussions avec un intérêt muet nous a fait un cadeau inestimable un soir. Il traînait dans des milieux interlopes, dans des bars où grouillaient combinards, trafiquants et petits voleurs. Ceux-ci s'étaient fait discrets comme rats et scorpions préférant l'obscurité humide au grand soleil mais n'avaient pas disparu. Ils ne pouvaient plus prospérer sur grand-chose puisque la prohibition des drogues avait disparu et le revenu de base avait rendu la prostitution obsolète. Même le vol relevait plus de la kleptomanie ou de l'idiotie que de quoi que ce soit d'autre désormais. Mais l'obscurité tentait de survivre en milieu clos, et cela venait confirmer ma thèse. Et ce soir-là, Julien avait mis la main sur un morceau de haschich noir qui venait, lui avait-on dit, du Pakistan, et je l'ai vu sourire pour la première fois quand il l'a exhibé et posé sur la table. Ivan et moi étions stupéfaits. Ivan avait une pipe. Nous avons fumé. Dieu que c'était bon, je ne me souvenais plus...

Et puis Ivan s'est levé en disant qu'il allait chercher quelque chose, et quand il est revenu, il a posé un objet enveloppé par un chiffon sur la table, puis il a défait lentement le tissu. C'était un flingue, un 38 spécial tout brillant. Il s'est excusé de ne pas pouvoir nous montrer une kalachnikov, la plus belle invention du génie russe d'après lui. Et il a enfin sorti des munitions qu'il a posées devant lui. Il y avait des balles classiques et d'autres avec de petites billes d'acier qui se dispersent dans le corps de la cible. Un grand silence nous a entouré tandis que je faisais tourner l'engin dans mes mains, évaluant son état. Ivan m'a assuré qu'il le nettoyait régulièrement, et commençant à le connaître un peu, je concevais qu'il se livrait à cet exercice religieusement. J'ai vérifié qu'il n'était pas chargé. Je l'ai ensuite donné à Julien qui a semblé électrisé.

Il l'a pris en main et a commencé à le pointer devant lui avec une intensité qui m'a mis mal à l'aise. Le gamin était en train de goûter à un sentiment de puissance qui pouvait s'avérer dangereux. Voilà, me disais-je, le véritable démon. Comme s'il avait entendu mes pensées, il a tourné l'arme vers moi et m'a pointé. Sa bouche se tordait en un rictus un peu inquiétant. Je savais qu'il ne m'avait jamais aimé, qu'il était jaloux de l'amitié que me manifestait Ivan, mais cela ne s'était jamais exprimé au grand jour. Il a fermé un œil comme s'il me visait. Je suis resté impassible. Ce n'était pas la première fois que j'étais mis en joue. Mon poing était serré et je me demandais si j'allais le lui mettre sur la figure quand Ivan a rompu le charme en disant : ça suffit !

Dès lors, le haschich et l'alcool aidant, nous avons commencé à délirer. Pour Ivan et moi, le plan de base était simple : il s'agissait de monter une action spectaculaire qui enverrait un message. Nous ne pensions pas aux mêmes destinataires mais cela ne me dérangeait pas. Ivan était convaincu qu'une armée des ombres, ainsi qu'il l'appelait, finirait par se constituer et entreprendrait la longue lutte de libération qui s'imposait pour libérer l'humanité du joug judéo-communiste homosexuel. Tiens, lui fis-je remarquer, le diable était communiste aussi maintenant ? Il l'avait toujours été, me rétorqua-t-il, ce grand séducteur faisant miroiter aux masses aveugles un paradis sur terre qui allait contre l'ordre de Dieu, dont le tsar avait été le dernier représentant. Et il n'y avait qu'à voir ce qui se passait autour de nous pour réaliser à qui profitait le crime.

Il insista sur ce terme : le crime. Je ne voyais pas bien où était le crime, lui-même bénéficiant largement des changements avec un relèvement de sa pension à une hauteur enfin décente, mais je n'insistais pas. J'étais à l'autre extrémité du spectre politique, un pur anarchiste, et je devais me boucher le nez devant les relents fascisant de son discours, mais je voyais qu'il avait beaucoup souffert et je pouvais comprendre que son esprit soit tordu, le mien ne l'étant pas moins finalement. Mais surtout, son enthousiasme, pour nauséabond qu'il soit, servait mon idée : il fallait que les jeunes générations soient alertées sur le danger d'un possible retour de l'ombre. Quitte donc à ce que nous l'incarnions, et ce faisant, que nous l'honorions comme le faisaient les prêtres de Kali.

Mais nous avions un problème sérieux. Nous n'avions plus vraiment de cible légitime. Avant le grand tournant, c'était facile : il suffisait d'allumer la télé pour exciter la rage qui couvait et déterminer, au gré des nouvelles quotidiennes, qui était le plus grand salop de l'histoire. Nous avions alors l'embarras du choix, que ce soient les grandes banques, les militaires impérialistes, les forces de police répressive, les médias à la solde du capital, les multinationales prédatrices de l'environnement et de l'humain, les politiciens corrompus et les lobbys corrupteurs, etc. Mais voilà, tout cela avait disparu ou presque en une dizaine de mois. Même Goldman Sachs avait fermé ses portes, avec des excuses publiques du Conseil d'Administration pour les malversations qui avaient conduit plusieurs pays à la faillite.

Nous avons beaucoup discuté sous le regard froid de Julien qui suivait nos débats avec l'intérêt passionné dont peut témoigner un serpent. Il était toujours possible d'envisager l'acte surréaliste consistant en tirer dans la foule sans discrimination, mais le message risquait d'être brouillé, les gens qui avaient lu André Breton s'avérant finalement très rares. Et puis Breton était un communiste, avait souligné Ivan, ce qui réglait le cas. Il a commencé à me faire peur quand il a parlé d'attaquer une école, car quoi de mieux pour frapper les esprits ? Oui, mais nous ne saurions faire des émules, lui ai-je répondu, mais au contraire, nous serions l'objet de l'opprobre générale et considérés comme des malades mentaux. Ce que je commençais à croire que nous étions d'ailleurs...

C'est dans cette période que j'ai recommencé à tenir un journal, comme je le faisais dans mes jeunes années. Cela m'a sauvé la vie, d'écrire ce qui m'arrivait dans un journal à l'époque où j'en prenais plein la gueule. C'était mon bouclier psychique devant les événements, et surtout face à mes propres ombres. Au moins avais-je quelqu'un à qui parler, et quelqu'un qui m'écoutait. Cette écoute me faisait du bien. Je n'ai jamais eu besoin de psy ni de rien de tout cela, et je crois que c'est parce que mon psy, c'était mon journal. Et là, je ressentais l'urgence de faire le point sur les idées folles qui me tournaient dans la tête. Je me disais qu'au pire, je laisserai derrière moi un témoignage qui pourrait susciter la réflexion. J'en rigole maintenant : quel terroriste du dimanche je faisais, qui prenait note scrupuleusement de tous ses états d'âme !

Ivan et moi sommes de peine et de misère arrivés à un plan. Cela pris beaucoup de haschich, de vodka et de whisky. Julien était le seul parmi nous à demeurer sobre, je devais comprendre plus tard que la haine était suffisante pour l'enivrer. Un soir, Ivan est arrivé en disant qu'il savait ce qu'il allait faire, et qu'en tant qu'heureux propriétaire du flingue, il emportait la décision. Il y avait au centre de la ville un parc où se donnaient rendez-vous les homosexuels. Il allait y faire un carton, pour reprendre son expression. Il regrettait simplement de ne pas pouvoir se procurer une arme automatique, mais le 38 allait faire l'affaire. Julien a semblé sortir d'une profonde léthargie pour appuyer son mentor dans cette idée folle : oui, oui, disait-il, c'est ce qu'il faut faire ! Il avait les yeux brillants. Il a marmonné quelque chose à propos de son oncle, qu'il allait payer, lui et tous les salopards de son espèce.

Est-ce que j'avais trop fumé ce soir-là ? J'ai eu la nausée soudainement et je suis allé vomir. J'ai passé dix minutes au-dessus de la cuvette des toilettes avec des sueurs froides qui me glaçaient. Je me suis alors dit que je n'aimais pas du tout la tournure que les choses prenaient mais que j'étais allé trop loin pour reculer. Quand je suis revenu, Ivan m'a dévisagé d'un air soupçonneux. J'ai prétendu que j'avais le foie un peu dérangé ces jours-ci et que j'avais trop bu, et puis j'ai déclaré qu'on avait peut-être bien enfin le début de notre plan opérationnel. Nous avons trinqué, pour ma part avec un verre d'eau, au succès de l'opération. Les vapeurs de haschich me donnaient l'impression d'être revenu dans la casemate où, à l'abri d'un soleil de plomb, moi et mes potes attendions l'heure de partir en patrouille. J'entendais des éclats de voix disparues, des visages tordus dansaient devant mes yeux.

Notre projet s'est étoffé au fil des semaines. Nous étions d'accord qu'il fallait aller au bout de notre action héroïque, quoi que je ne voyais pas bien ce qu'il pouvait y avoir d'héroïque à tirer sur des gens désarmés, mais donc il n'était pas question de tomber aux mains de « l'ennemi ». Il n'y avait plus d'actes terroristes nulle part, et notre pari était que cela prendrait un certain temps à ce qu'il restait des autorités compétentes pour réagir. Ivan aurait le temps de vider son chargeur plusieurs fois. Julien essayait de nous procurer d'autres armes par ses amis, mais cela semblait difficile : les trafiquants n'avaient plus grand-chose à se mettre sous la main depuis que le marché dit légal avait disparu. Maintenant que plus personne n'alimentait de guerres, dont l'idée même semblait appartenir à un passé révolu, l'armement était en voie de disparition.

Finalement, il est arrivé un jour avec un fusil de chasse qu'il avait acheté à prix d'or. Ces engins là aussi avaient disparu car plus personne ne concevait qu'il y ait un plaisir ou un besoin de tirer sur des animaux. Quelques temps après, nous avons loué une voiture et nous sommes allé dans un coin à peu près désert où nous avons essayé nos pétoires. Comme avec le haschich, j'ai eu un vertige quand j'ai entendu les premières détonations : j'avais oublié ce que c'était. Je me suis mis à trembler de tous mes membres avec à nouveau, des sueurs froides qui couraient le long de mon échine. Je devais être livide. J'ai eu peur soudain que les cauchemars qui m'ont hanté si longtemps ne reviennent. Julien, qui venait de s'en donner à cœur joie contre des boites de conserve, m'a regardé avec un air de mépris tandis que je suis allé m'asseoir contre un arbre. Mais j'ai entendu Ivan lui dire qu'il ne pouvait pas comprendre, qu'il fallait avoir fait la guerre pour savoir ce que c'est.

J'ai alors amené une autre proposition : j'avais eu une formation d'artificier lors de mes années afghanes et je savais comment fabriquer un IED, les redoutables engins explosifs improvisés qui avaient emporté plusieurs de mes copains. On pouvait se procurer assez facilement de l'acide nitrique dilué, et j'avais la compétence requise pour le concentrer et le mélanger avec de la glycérine. Le souci serait simplement de stabiliser cette cochonnerie suffisamment longtemps pour que nous puissions créer un périmètre de sécurité autour de nous. Au fond, il s'agissait de miner la zone et de nous installer au milieu du terrain de jeu pour en faire un champ de tir. Et il n'était pas question donc de nous rendre ni de nous laisser prendre.

Je ne voyais qu'une solution pour s'en sortir dignement. Depuis longtemps, j'avais une grande admiration pour ces moines bouddhistes, le plus souvent tibétains, qui s'immolaient par le feu pour contester la tyrannie. J'ai donc proposé à mes complices que nous emmenions des bidons d'essence et que, lorsque les jeux seraient faits, nous nous en aspergions pour enfin déclencher l'incendie. Cette idée ne plaisait guère à Ivan qui aurait voulu une fin héroïque du genre de la charge finale, mais je lui ai fait valoir qu'il risquait de ne pas pouvoir choisir la fin s'il ne la planifiait pas. Il s'est rendu à mon argument qui était que notre sacrifice frapperait les esprits. Je songeais pour ma part surtout à la dimension symbolique du geste : après l'horreur que nous envisagions, je ne voyais pas mieux qu'une purification par le feu pour tirer ma révérence avec élégance. Mes cauchemars ont commencé alors à revenir. Mais je n'étais plus en Afghanistan, j'étais dans un parc boisé qui tenait du labyrinthe et je cherchais désespérément à en sortir...

Les changements s'accéléraient. Deux éléments ont semé le doute dans mon esprit. Le premier était d'ordre général. Ça allait bien, drôlement bien. Le revenu de base avait été institué un peu partout sur la planète, même en Afrique. Du coup, beaucoup de migrants repartaient chez eux. Un peu partout, il y avait de grandes fêtes pour leur dire au revoir, dans lesquelles ils se succédaient à la tribune pour dire combien ils avaient été touché par l'accueil qu'on leur avait offert. Ils omettaient de dire que cela ne faisait que quelques mois qu'ils étaient bienvenus. Toute l'économie était en transformation. Pour la première fois de l'Histoire connue, nous avions vraiment rompu avec l'esclavage et il apparaissait que l'économie pouvait être au service de l'humain, et non nécessairement l'inverse.

Les prix dégringolaient. Les denrées alimentaires étaient désormais offertes gratuitement. Un nombre incroyable d'objets inutiles avaient disparu des magasins, plus personne n'éprouvant le moindre désir ni de les vendre, ni de les acheter. La publicité avait pour ainsi dire disparu, remplacée par des sites d'information sur les produits. Les chaînes de télé diffusaient essentiellement des émissions éducatives. On commençait à enseigner la méditation et la communication consciente dès l'école primaire, et nombre d'adultes se joignaient à ces cours. Cette information m'a fait vaciller. J'ai commencé à croire en la réalité du saut évolutif. En une génération d'enfants formés à la méditation, nous ne reviendrions plus jamais en arrière me disais-je, même si nous devions passer par un nuage noir.

Je me documentais sur toutes les évolutions significatives. Les écoles et les universités ne désemplissaient pas car énormément de gens retournaient aux études dans les domaines les plus divers, non plus par intérêt mercantile mais par passion. Du coup, il y avait un énorme appel d'air pour de nouveaux emplois, que ce soient des professeurs dans tous les domaines mais aussi toutes sortes de services. Les gens prenaient plaisir à s'aider les uns les autres. Tout le monde rivalisait de créativité. Le mot

« rivalisait » n'est pas le bon, il y avait tout simplement un phénomène d'émulation générale dans le partage et la joie : l'Internet était devenu l'Agora de la planète toute entière, où l'on discutait de tout, où chacun était encouragé à montrer son talent.

L'automatisation progressait à grands pas et cependant, il y avait toujours des volontaires pour les travaux pénibles qui requéraient des humains. Plus de volontaires que nécessaire. Partout fleurissaient des espaces verts. La nature était réintroduite en ville, et un immense effort collectif porté par les jeunes visait à développer des technologies et une architecture respectueuses de l'environnement. Avec le transport collectif gratuit et l'élimination du plastique au profit du chanvre, le zéro pétrole était devenu envisageable. Des espèces que l'on croyait irrémédiablement disparues ont commencé à réapparaître. De grands espaces étaient rendus à la nature sauvage, la vie recommençait à fleurir sur terre. Un grand programme de dépollution et de repeuplement des océans était lancé. La majorité des ressources intelligentes de l'espèce humaine était désormais consacrées au soin de notre biosphère.

Et enfin, mais non le moindre changement, voilà que les gouvernements s'auto-abolissaient en mettant en place des structure de consultation et de décision collectives. Partout fleurissaient des assemblées pour gérer un quartier, une école, une bibliothèque, etc... avec une visée d'autonomie locale favorisant la différence et la responsabilité de chacun. Les grandes structures réduisant les individus à l'anonymat étaient démantelées au profit, un peu partout, de petites unités où tout le monde se connaissait. Les cours de justice tombaient en désuétude pour être remplacées par des instances de médiation. Les prisons se vidaient avec des programmes de réhabilitation et les statistiques de la criminalité étaient en chute libre. L'armée et la police étaient en voie d'abolition. Ivan et moi étions prêts, mais je doutais, je doutais de plus en plus du sens de ce que nous allions entreprendre. L'humanité était belle, soudainement.

Le second événement qui a jeté le trouble dans mon esprit, c'est que Marie a accepté de venir prendre un thé avec moi. Un thé ! Un jour où nous travaillions tous les deux à la bibliothèque, je l'ai regardée et je l'ai trouvée vraiment jolie dans une petite robe bleue. Elle a surpris mon regard insistant et m'a souri, alors j'ai pris mon courage à deux mains et je lui ai proposé une promenade au bord du fleuve après le travail. Plus tard, elle m'a dit, mutine, tandis que nous faisons tremper des sachets de thé dans nos tasses, qu'elle se demandait depuis longtemps quand ce serait donc que je le lui demanderais. Mais quoi donc ? Ai-je bafouillé. De prendre un thé. J'ai pris cela pour une permission de lui prendre la main, ce que j'ai fait et elle ne l'a pas retirée.

Bon, pour la première fois de ma vie, je n'ai pas eu besoin de me saouler ni de la faire boire pour emballer une femme. Elle m'a donné sa bouche et nous nous sommes embrassés comme deux adolescents. Nous avons fini l'après-midi chez elle, au milieu de ses deux chats qui ronronnaient d'aise avec nous. Son corps nu m'apparaissait soudain comme une terre promise que je cherchais depuis toujours sans savoir que je la cherchais. Je buvais le soleil sur sa peau avec ma bouche. J'avais l'impression d'avoir traversé mon désert. Je ne savais vraiment plus quoi penser. Pour la première fois depuis très longtemps, j'étais heureux.

Cette nuit-là, j'ai rêvé que le soleil se levait et se penchait sur moi pour m'embrasser, et moi j'avais honte, je m'en sentais indigne. Le lendemain, quand je suis allé voir Ivan pour que nous mettions les derniers détails de notre plan au point, je ne savais vraiment plus où j'en étais. Il me semblait que toute haine, toute violence, m'avaient quitté et je les regardais, lui et Julien, avec une grande compassion : c'était des êtres souffrants qui allaient en faire souffrir d'autres pour tenter de soulager la brûlure de leur être. Mais je n'ai pas eu le courage de lui dire que j'étais amoureux et que j'envisageais désormais de sacrifier l'avenir de l'humanité au feu de mes hormones.

Alors nous avons continué à élaborer nos idées folles. Nous en étions à la stratégie de revendication. Nous avons décidé d'enregistrer un message vidéo et de le diffuser sur Internet. Ce serait le rôle de Julien qu'Ivan, avec une fermeté et une tendresse toutes paternelles, avait décidé de tenir hors du théâtre d'opération. Son rôle se bornerait à nous aider dans les préparatifs et à poster la revendication qui serait signée du nom d'une organisation dont le nom venait de germer dans nos esprits enfiévrés : les « mambas noirs ». Le nom lui a beaucoup plus. Il est allé illico se faire tatouer un serpent noir enroulé autour d'une dague sur le poignet. Je souriais. Le mamba noir me rappelait un de mes films préférés, un de ces films d'avant où les têtes volaient sous le sabre et dont l'héroïne était une jeune femme blonde et redoutable.

Il faudrait jouer de subtilité pour poster la vidéo à partir d'un poste Internet public. Julien s'est renfrogné jusqu'à ce qu'Ivan lui fasse valoir qu'il lui confiait une tâche décisive qui faisait de lui son digne héritier : non seulement notre action n'aurait aucune portée sans revendication mais il avait pour mission de la prolonger en faisant vivre les mambas noirs à l'avenir. S'il le pouvait, il pourrait recruter d'autres combattants pour mener des actions spectaculaires, mais il pourrait simplement aussi semer l'inquiétude en donnant de temps en temps de petits signes de vie de l'ombre. Ivan lui soufflait des idées de lettres anonymes, mais encore fallait-il qu'il maîtrise l'orthographe, lui faisait-il remarquer. Alors, il avait repris son effort éducatif. Cela les excitait beaucoup tous les deux, ils passaient des heures à rédiger des messages haineux.

Un soir, nous avons touché le fond. J'ai compris la nature de ce dans quoi je m'étais embarqué. Quand je suis arrivé chez Ivan, il était devant la télévision avec Julien et commentait un reportage sur des communautés qui accueillaient des handicapés physiques et mentaux, les sortaient de l'hôpital et leur donnaient avec amour une chance d'insertion sociale. Il éructait. Cela n'avait pas de sens, disait-il, que la société consacre du temps et des ressources pour venir en aide à des erreurs de la nature, dont elle nous aurait débarrassé si on la laissait faire. Julien opinait, très heureux de se compter du côté des seigneurs, pour reprendre le vocabulaire d'Ivan, c'est-à-dire des vainqueurs prédestinés. J'ai eu des vertiges glacés en l'entendant expliquer comment, s'il le pouvait, il exterminerait les handicapés et les homosexuels et il mettrait les noirs et les femmes au pas. Je connaissais assez l'Histoire pour reconnaître l'hydre contre lequel son père s'était battu. Le nazisme commence avec l'impossibilité d'accepter la faiblesse de l'autre et cette mentalité qui ne connaît que le langage de la puissance.

Dans cette période, j'ai craint de devenir schizophrène. J'étais clairement divisé en deux. Je passais le plus clair de mon temps avec Marie, et avec elle ressortait tout ce qui en moi a toujours aimé l'existence, j'oserai dire : ma face lumineuse. Je me surprenais à aimer à nouveau la vie. Je marchais dans les rues et les gens me semblaient beaux. Je m'arrêtais pour simplement respirer en regardant autour de moi et je répondais aux sourires par d'autres sourires. J'ai pris l'habitude d'aller m'asseoir en silence dans un jardin public à côté de chez moi. Et puis j'étais comme la lune : j'avais aussi une face obscure qui était désormais engagée dans cette folie avec Ivan. Je voulais tout arrêter. J'ai songé à nous dénoncer mais je ne voyais pas à qui j'aurais pu aller parler de notre projet. Je ne pouvais pas partager mes préoccupations à Marie qui cependant voyait bien que j'étais torturé par quelque chose. Elle m'a interrogé sur ce qui m'arrivait. Je lui ai alors dit que j'étais aux prises avec des démons venant de mon passé, et que je lui en parlerais quand je le pourrai. Elle m'a alors embrassé dans le cou en me disant qu'elle était bien certaine que l'amour était plus fort que tous les démons. J'aurais bien voulu y croire autant qu'elle.

C'est alors que j'ai décidé de faire tout ce qu'il fallait pour faire avorter le projet. Il n'aurait servi à rien que je m'en retire. Ivan était déterminé et, avec l'aide logistique de Julien, il était capable d'aller au bout de son idée tout seul. Tout ce que je gagnerais à exprimer mes doutes serait une balle dans la peau car je représenterais un danger pour eux, et je ne doutais pas que Julien se ferait un plaisir de se débarrasser de moi. Mais je pouvais tenter de faire de la bombe que nous étions en train d'amorcer un pétard mouillé. C'était ma tâche, mon devoir désormais, ou en tous cas la seule idée avec laquelle je retrouvais un peu la paix.

Dans les semaines qui ont suivi, nous avons procédé à des essais. J'ai failli me faire exploser en tentant de produire de la nitroglycérine dans ma cuisine alors je me suis rabattu sur une recette moins dangereuse mais non moins éprouvée. Il a fallu trouver du toluène, ce qui n'était pas évident mais Julien a trouvé un filon. Alors j'ai fabriqué du trinitrotoluène en quantité minime ainsi qu'un petit détonateur électrique relié à un téléphone cellulaire et nous sommes allés à la campagne tester notre engin explosif improvisé. L'idée m'a traversé sur le chemin de profiter de mes compétences d'artificier pour débarrasser la planète du danger que nous représentions, mais la pensée du sourire de Marie m'a arrêté. Curieusement, j'avais cependant moins peur de nous faire sauter que de ne pas trouver comment neutraliser la folie meurtrière dans laquelle nous étions engagés. Un grand calme s'était installé en moi depuis que j'avais pris ma décision, et je ne doutais pas que je trouverais une solution dans ce calme.

J'avais demandé à Marie de ne pas me poser de questions, et elle m'avait dit qu'elle me faisait une entière confiance, ce qui m'avait ému aux larmes. Personne ne m'avait jamais fait confiance ainsi, sauf peut-être les gars avec qui j'avais traversé l'enfer car nous n'aurions pas pu survivre sans que chacun protège tous les autres sur sa vie. Et plusieurs y avaient laissé leur peau. Leur souvenir me hantait à nouveau. Pourquoi étais-je vivant, et pas eux ? Qu'avais-je fait de ma vie, du privilège de vivre ? Du bon, me disais-je, tout de même du bon… puisque le Seigneur m'avait donné à rencontrer Marie. Je me prenais à devenir religieux, à remercier pour cette grâce. J'aurais voulu faire un enfant avec elle, que la vie l'emporte. Mais j'avais la certitude intime que je ne reviendrai pas de notre opération « mamba noir ».

J'avais joué de trop près avec l'ombre. Mon plan était clair : j'allais réduire Ivan et Julien à l'impuissance et puis j'allais tirer ma révérence, non sans quelque élégance désormais puisque mon objectif, quant à la démonstration du danger persistant que représentait l'ombre, serait de toute façon atteint par le fait même de l'existence du projet, fut-il avorté. Et quoi qu'il en soit donc, je me faisais horreur et j'envisageais toujours la purification par le feu. Je voyais comment on peut s'enivrer d'idées folles encore plus facilement que d'alcool et de haschich, et qu'à force de rationalisation de l'insensé, on arrive un jour à un point où l'on s'aperçoit qu'on a été piégé par le diable. Il ne reste alors plus qu'un seul recours : l'entraîner dans notre propre mort.

Nous avons fixé une date à la fin de l'été. Quelques temps auparavant, nous sommes allés nous promener dans le parc en reconnaissance et j'ai rigolé intérieurement d'entendre Ivan s'offusquer de voir jeunes gens et jeunes femmes, et aussi des moins jeunes, se promener nus. Il voyait de l'indécence partout où moi, je voyais des corps bronzés jouissant de la vie et s'harmonisant avec la nature environnante. Tout au plus pouvait-on voir des couples se tenir par la main ou s'embrasser, il n'y avait rien là qui puisse heurter les yeux des nombreux enfants qui jouaient dans les aires aménagées. Il y avait des endroits discrets pour ceux qui désiraient plus d'intimité. Les enfants étaient un problème, ai-je signalé à Ivan. Il m'a regardé d'une façon bizarre et il a dit que nous ferions tout ce qui était possible pour ne pas blesser d'enfants. Nous nous sommes approchés d'un bosquet où les amants pouvaient s'ébattre en toute tranquillité. Comme nous parlions à voix basse et semblions sans doute hésiter sur la direction à prendre, un jeune homme au corps couvert de tatouages orangés nous a fait un large sourire et un signe de tête engageant, nous invitant visiblement à entrer dans le sous-bois. J'ai senti Ivan se raidir. J'ai compris que l'autre nous prenais pour un couple un peu timide alors j'ai dit :

- Merci. Mon ami n'est pas d'ici. Il trouve incroyable qu'on puisse avoir une telle liberté en ville...

Le jeune gars a répondu.

- Oh ! Pour la liberté totale, revenez ce soir. À la nuit tombée, le parc est à nous...

Je l'ai remercié et nous avons poursuivi notre chemin. Ivan était au bord de la crise d'apoplexie. C'était un ange du démon, m'a-t-il dit. C'est vrai qu'il avait un côté angélique, ai-je convenu, mais c'était une incarnation bien terrestre de la jeunesse de notre temps. Je me demandais s'il n'était pas excité finalement par l'érotisme environnant. Moi je l'étais, mais je pensais à Marie, avec qui j'aurais eu plaisir à venir par là. Peut-être faudrait-il lancer notre opération à la nuit tombée, ai-je ajouté. Non, non, a-t-il dit en secouant la tête. Il serait bien difficile de ne pas nous faire remarquer tout habillés avec deux sacs de sport au milieu d'une orgie nocturne. Déjà là, nous avions l'air de deux pingouins égarés sur une plage naturiste. Tiens, il n'avait pas perdu son sens de l'humour, me suis-je dit. OK, voilà le plan, continua-t-il : on vient très tôt et on mine les abords du bosquet. Puis on revient un peu plus tard dans la journée et on s'infiltre dans la place en jouant au couple qui a besoin d'un endroit tranquille. Et là, on déballe notre matériel et on fait un feu d'artifice en criant en chœur : « vive la sainte Russie ! ». Je n'ai pas commenté, sauf pour lui faire remarquer qu'après les « Allah u akbar ! » des fanatiques meurtriers, nous allions sans doute tourner une page dans l'Histoire avec notre invocation des mânes de Pierre le Grand et de Catherine de Russie !

Sur le chemin du retour, il m'a parlé de Julien et il m'a fait un aveu surprenant.

-	Tu sais, m'a-t-il dit, Julien a été violé par son oncle...

J'ai répondu que je m'en doutais. Il a continué :

-	Je le considère comme mon fils, le fils que je n'ai pas eu avec Héléna. Et je veux qu'il reste en dehors de tout cela. Je ne veux pas qu'il soit bousillé plus qu'il ne l'est déjà. Je me demande parfois s'il ne faudrait pas tout arrêter...

J'ai failli parler de Marie et de mes propres doutes mais quelque chose comme une prudence élémentaire m'a retenu. Je lui ai demandé pourquoi il continuait alors, en ajoutant que notre combat était désespéré et que je n'étais pas sûr que le monde ait besoin de héros. Il a rétorqué :

- Pour la gloire, mon ami, pour la gloire !

Je me suis tu. Je n'en avais rien à foutre de la gloire. La gloire et le pouvoir, voilà bien des poisons. Mais Ivan a continué :

- Je n'en peux plus de cette vie de merde. Je suis tout seul comme un rat mort...

J'ai encore gardé le silence. J'ai pensé à Marie, à tout ce qu'elle venait changer dans ma vie. J'ai pensé à mon fils aussi, dont je recevais des emails régulièrement depuis le grand tournant. Sa mère et lui étaient en Australie, mais chez elle aussi, quelque chose s'était ouvert qui me permettait d'espérer le revoir un jour. Ivan a poursuivi avec le menton qui tremblait un peu:

- Et puis c'est la seule façon que j'ai de dire à Julien que je l'aime. Je prends sa rage sur moi, sa douleur et sa haine, et je vais les emmener en enfer. Il n'aura pas eu de père mais au moins, il aura eu un ami...

Je me suis arrêté. Je l'ai regardé en face :

- Tu ne crois pas que ce serait mieux pour lui si son ami restait sur terre parmi les vivants, et lui montrait comment sortir de la haine ?

Il semblait au bord des larmes, toujours digne cependant dans sa posture d'officier cosaque, et il a répliqué :

- Tu le sais, toi, comment en sortir ?

J'ai pensé à Marie, à la douceur de ses bras, à ses caresses. Oui je le savais. Mais je ne pouvais pas en parler, je voulais qu'elle reste hors de toute cette folie. Le comble, c'était que la seule chose qui pouvait guérir les blessures du vieux guerrier, apaiser la douleur, c'était ce féminin qu'il cherchait à exterminer chez d'autres hommes par peur d'y perdre sa propre virilité. J'avais envie de lui ouvrir mes bras, de lui donner une bonne accolade, mais j'ai craint une rebuffade. Alors j'ai dit :

- Je suppose qu'il n'y a qu'un chemin. Le chemin de l'amour, n'est-ce pas ?

Il s'est repris et il a grondé :

- Nous, les hommes, nous ne sommes pas faits pour l'amour. Nous sommes faits pour la guerre...

J'ai interrogé doucement :

- Alors, on continue ?

Le ton avec lequel il m'a répondu ne laissait place à aucune hésitation :

- On continue.

J'avais ample matière à réflexion quand je suis rentré chez moi. Au fond, il était clair que lui comme moi, nous étions en recherche de ce qui viendrait nous délivrer de la douleur. Il la voyait chez Julien mais il était incapable de la recevoir chez lui-même. J'ai songé aux enseignements bouddhistes que j'avais reçu quelques années après être revenu d'Afghanistan. Au cours de la première retraite de méditation que j'avais suivi, j'avais fondu en larmes. L'enseignant m'avait reçu et je lui avais raconté d'où je venais, j'étais convaincu qu'il allait m'expulser. Au contraire, il m'a dit que j'étais exactement à la bonne place. La pratique du Bouddha commençait avec la prise de conscience de la souffrance, et se poursuivait avec le fait qu'il n'y avait aucune alternative à la conscience de la souffrance, que la souffrance ne pouvait être transformée qu'en conscience. Ce soir-là, j'en ai longuement parlé avec Marie. Elle était un peu chrétienne, comme moi j'étais un peu bouddhiste, et elle m'a fait remarquer que le Christ ne parlait pas d'autre chose, qu'il avait pris notre souffrance sur sa croix et l'avait emmené dans la mort pour nous montrer qu'on pouvait en ressusciter. J'étais frappé par la synchronicité de son propos avec ceux d'Ivan et je l'ai remerciée : c'était la première fois que j'entendais les enseignements spirituels ainsi.

Dans les jours qui ont suivi, j'ai fabriqué les IED, puis j'ai réfléchi à leur neutralisation. Le trinitrotoluène était tout ce qu'il y a de plus détonant. Je savais qu'Ivan voudrait en tester un, et je me doutais qu'il n'avait pas tout à fait confiance en moi : il le choisirait sans doute au hasard dans le lot. D'un autre côté, je ne pouvais faire prendre aucun risque aux artificiers qui les désamorceraient. Et puis j'ai trouvé. C'était facile, il suffisait que je retire les batteries des téléphones servant de détonateur. Pour armer l'engin, il faudrait insérer une batterie chargée dans le téléphone. Quand Ivan ferait son test, je lui donnerais une batterie pour qu'il l'insère lui-même. Le matin de l'opération, je n'insérerai que des batteries complètement déchargées, il ne pourrait pas faire la différence. De toute façon, il n'y avait que moi qui manipulait les IED.

Cette partie de mon plan a fonctionné à merveille. Ivan est venu chez moi avec Julien, s'est amusé de voir ma cuisine transformée en labo de chimie, et a demandé à Julien de choisir un des engins pour notre test final. Nous avons roulé deux cent kilomètres avant d'arriver à l'endroit qu'Ivan avait choisi pour notre expérience. C'était un cimetière de voitures abandonné depuis belle lurette. J'ai inséré la batterie en expliquant que c'était la sécurité qui dictait d'éviter tout risque d'interférence électrique tant que la mine n'était pas en place. Ivan a salué mon professionnalisme. Julien est allé cacher l'engin dans une épave de voiture. Je me suis trompé de numéro d'appel, si bien que nous avons cru un instant que l'engin ne marchait pas. Ivan a retenu Julien qui voulait aller le chercher, il était blanc comme un linge en lui disant qu'on ne savait jamais quand cela pouvait exploser, ces saloperies. Et puis je me suis excusé de mon erreur, j'ai composé le bon numéro et la déflagration nous a fait sursauter.

Cela allait être pas mal plus compliqué de neutraliser le flingue d'Ivan. Il le couvait jalousement. Il parlait aussi d'emmener tout son stock de munitions, et d'ouvrir le bal avec ses balles à fragmentation. Je ne voyais qu'une possibilité finalement. Il faudrait que je me jette sur lui au moment décisif, et que je l'assomme. Ou que je l'abatte de sang-froid. Je commençai à le détester assez pour envisager de décharger mon fusil sur lui, et cependant, je voyais bien tout ce qu'il avait d'humain et de souffrant, qu'il me reflétait. À ce point de mes pensées, j'ai pensé à Romain Gary qui écrivait que le problème avec les nazis, c'est que quand ils sont morts, il apparaît que ce sont des hommes. Mais je ferai donc tout ce qu'il faut pour neutraliser le danger qu'il représentait. Ensuite, je pourrai appeler les secours et, le temps qu'ils arrivent, me purifier de mes crimes par l'essence et le feu. De toute façon, je n'avais aucune chance de revoir Marie. Je serai condamné pour avoir participé à cette entreprise criminelle, et je considérais qu'il fallait que je sois dangereusement malade pour l'avoir seulement envisagée. J'avais envie de me supprimer et tout ce qui pouvait avoir imaginé une telle horreur. L'ombre flamberait avec moi.

Peu après, nous avons enregistré la vidéo de revendication. Ivan a lu un long discours décousu où il était question de la dégénérescence de l'humanité, et du nécessaire combat que mèneraient les guerriers de la lumière sous la direction de l'Archange Michael. Il revendiquait notre folie comme le premier sursaut qui en amènerait d'autres en ouvrant la voie aux vrais hommes. Je filmais tandis que Julien m'assistait. J'avais honte d'être associé à un tel galimatias idéologique et meurtrier. Les

« vrais hommes », pour moi, c'était les aborigènes d'Australie et les autres peuples premiers, et ce que je voyais autour de moi me laissait espérer que nous ayons enfin peut-être une chance de rejoindre leur degré de civilisation dans quelques générations. C'est-à-dire que nous vivrons alors enfin en accord avec l'Univers.

Nous étions prêts, fin prêts. Ivan s'était livré avec Julien à une autre ronde de reconnaissance dans le parc, cette fois aux petites heures du matin, et il confirmait que c'était la bonne heure pour miner le bosquet. Nous avons convenu de ne pas nous voir pendant la dizaine de jours qui nous séparaient de la date de l'opération. J'en ai profité pour emmener Marie en vacances. J'ai sorti toutes mes économies, je n'en aurais plus besoin de toute façon, et je nous ai offert un séjour de rêve au bord de la mer. Nous avons passé ces jours nus la plupart du temps. C'était la première fois que je me permettais de vivre ainsi dans la nudité du corps et de l'âme. Mais elle était si belle à mes côtés, tout me semblait possible avec elle. J'avais souvent les larmes aux yeux après que nous ayons fait l'amour. Je l'appelais « mon ange », je lui disais qu'elle m'avait sauvé la vie et que je lui devais l'éternité d'amour dans laquelle je vivrais désormais, et dans laquelle je mourrais un jour. Ces paroles l'inquiétaient un peu car elle demandait pourquoi j'évoquais la mort, et j'esquivais, me disant qu'elle comprendrait plus tard.

Je n'ai pas bu une goutte d'alcool de toutes nos vacances et je me sentais divinement bien. La veille de notre retour, j'ai fait un cauchemar dans lequel un de mes anciens compagnons d'Afghanistan, mort au combat, frappait à ma porte et me tombait dans les bras, inerte jusqu'à ce que je le traîne à la salle de bain où je le déshabillais et lui donnais un bain. L'eau se teintait alors du rouge de son sang et je me mettais à pleurer. Mes larmes se mêlait au sang et il semblait revivre. L'horreur se transformait en fête joyeuse et j'étais un peu jaloux de le voir danser avec Marie. Je me disais cependant que c'était la meilleure chose qui pouvait arriver à mon copain, et Marie me faisait un clin d'œil qui me rassurait. Quand nous avons posé le pied sur le quai de la gare, de retour chez nous, j'avais le ventre noué mais j'étais calme en dedans. Je retrouvais cette tension particulière des heures précédant une opération, quand le va-tout se mêle au détachement. Marie faisait des projets, parlait de vivre ensemble, et je souriais.

J'ai décidé que, si par miracle je survivais à toute cette folie dans laquelle je m'étais embringué, je ne boirai plus jamais une goutte d'alcool ni ne fumerai un joint. Je me suis souvenu d'un vieux soufi kabouli qui m'avait dit, un jour, que si l'alcool est interdit dans l'islam, c'est parce qu'il ne convient pas à tout le monde. En effet, il révèle la véritable nature de celui qui boit : les violents se révèlent violent, les haineux laissent sortir leur haine et les idiots se montrent dans leur idiotie. Seul un sage peut boire sans risque de se perdre ou de se ridiculiser. Et les sages sont les seuls à être vraiment libres, avait ajouté le vieux bonhomme aux yeux perçants car ils étaient les seuls à savoir quand il convenait de ne pas tenir compte des interdits, de dépasser les limites collectives. Je n'étais pas assez sage pour boire. Jusqu'à ce jour, réalisais-je alors, je m'étais trompé moi-même en pensant que j'étais assez lucide pour savoir jusqu'où aller, et que je saurais m'arrêter à temps. Mais à force de jouer avec les limites, je m'étais perdu, comme le démontrait la situation dans laquelle je me trouvais.

La veille de l'opération, j'ai appelé Ivan. Nous avions convenu d'un code pour ne pas nous perdre en salamalecs inutiles au téléphone. Tout va bien ? Lui ai-je demandé. Rogers, a-t-il répondu. Le cran d'arrêt dans mon esprit s'est levé. J'ai fait l'amour avec Marie comme je n'avais jamais fait l'amour, lentement, consciemment. Il faudrait mourir tous les jours pour bien faire l'amour. Et puis, quand elle s'est endormie, je me suis levé et j'ai médité toute la nuit. À quatre heures du matin, je suis sorti et j'ai marché jusque chez Ivan. J'ai sonné à sa porte. Il était debout, en tenue de sport noire, avec une petite casquette ridicule. Nous avons armé les IED avant de les ranger dans un sac de sport. J'avais consciencieusement vidé toutes les batteries.

Mon cœur battait la chamade, c'était le moment décisif. Nous sommes allés au parc avec le sac de sport. L'aube n'était pas encore levée. Il n'y avait personne, sauf quelques enchevêtrements d'humains endormis par endroit. Nous avons fait le tour du bosquet, qui maintenant que j'y pensais me faisait songer au Bosquet Sacré de la Grèce antique. À chaque arrêt, après avoir vérifié que personne ne nous observait, je m'enfonçais de quelques mètres et disposais dans le sol un de nos engins que je recouvrais de quelques feuilles. Comme prévu, nous en avons disposé cinq qui formaient une étoile régulière, dans laquelle j'imaginais le Pentagramme, l'étoile à cinq branches dans laquelle Leonardo da Vinci a inscrit l'être humain.

Ensuite, nous sommes rentrés chez nous, c'est-à-dire que je suis retourné à pas lents chez Marie. La mise à feu était prévue pour 15 heures. J'ai flâné dans les rues en appréciant l'aube qui se levait et j'ai acheté des croissants pour le petit déjeuner. Marie n'a pas été surprise de me voir debout et que je sois sorti, car cela arrivait assez souvent que je médite le matin pendant qu'elle dormait. Puis elle est allée travailler dans la petite robe rouge que j'aimais tant et je suis rentré chez moi. J'ai rédigé une courte lettre que je lui ai adressée et que j'ai laissée sur mon bureau pour expliquer mon geste en la priant de me pardonner. Je pleurais en écrivant que j'aurais voulu avoir un enfant avec elle. Et puis j'ai recommencé à méditer. Je me suis dissous dans le silence, il n'y avait plus de mots.

Quand l'horloge a signalé qu'il était temps que j'y aille, j'ai prié, ce que je ne savais même pas que je savais faire. Et puis je suis allé à nouveau chez Ivan. Le sac de sport était prêt. Il y avait son flingue encore enveloppé et mon fusil, dans un étui, les munitions, et deux petits jerrycans d'essence. Nous nous sommes salués de la tête et nous sommes partis sans un mot. J'ai remarqué cependant qu'Ivan puait la vodka. C'était bien, cela me faciliterait la tâche. Dans le parc, il a sorti de grosses lunettes noires. J'ai passé mon bras autour de son épaule pour donner le change et j'ai senti combien il se crispait. Nous n'avions toujours rompu le silence depuis que j'avais sonné à sa porte. Nous sommes arrivés aux abord du bosquet et, au moment où nous allions y entrer, un couple de jeunes hommes enlacés en est sorti et nous a croisé, arborant un large sourire. J'ai pensé que ceux-là étaient chanceux car quoi qu'il arrive, ils étaient saufs désormais. Ivan m'a conduit jusqu'à un espace dégagé et il a posé le sac au sol. Il l'a ouvert, s'est penché et quand il s'est relevé, c'était avec le flingue en main qu'il a pointé vers moi. Il a enlevé ses lunettes et il a dit d'un ton sec :

-     Je ne te fais pas confiance. Tu nous a caché l'existence de ta petite amie. Que lui as-tu raconté ?

Ainsi, il m'avait espionné. J'ai protesté de mon innocence :

-     Je ne lui ai rien dit. Je voulais qu'elle reste en dehors de tout cela...

Ses yeux ont lancé des éclairs. Il a poursuivi avec du mépris dans sa voix :

-     Je ne te crois pas. Tu es un mou. Et si tu n'étais pas avec une femme, je penserais que tu es un pédé...

J'ai cherché à gagner du temps en lui disant qu'il était encore temps de renoncer à son projet fou. J'ai juré de ma loyauté, que je ne l'avais pas dénoncé. Il m'écoutait froidement sans répondre, puis il a dit :

-       Cause toujours, tu m'intéresses…

.J'ai réalisé qu'il semblait attendre quelque chose. J'ai fait alors un pas vers lui. J'étais décidé à m'approcher assez pour lui sauter dessus, comptant sur le fait qu'il hésiterait à donner l'alerte en tirant. Il s'est raidi :

-       Ne bouge pas !

Un bruit soudain derrière moi m'a fait me retourner. C'était Julien qui émergeait du sous-bois avec un revolver à la main et un sourire mauvais. À ses pieds, un autre sac de sport noir. Et devant lui, à quelques pas, il y avait Marie tout pâle dans sa robe rouge. Mes jambes ont flageolé et mon sang n'a fait qu'un tour. J'ai ouvert les bras, elle s'y est précipitée en tremblant, nichant son visage dans mon cou. Je l'ai serrée contre moi en caressant sa nuque tandis que j'essayais d'évaluer rapidement nos options. J'étais coincé. J'ai alors dit à Ivan :

-       Je croyais que tu voulais que le petit s'en sorte sain et sauf. C'est n'importe quoi. Arrête tes conneries, il est encore temps !…

Il m'a rétorqué :

- Va te faire foutre ! C'est de ta faute si j'ai dû mêler Julien à tout ça...

J'ai eu un moment de panique et de profond découragement. J'ai supplié :

- Laisse la partir. Elle n'est pour rien dans nos histoires. Elle n'aurait jamais dû en savoir quoi que ce soit...

Il a semblé écarter une mouche d'un geste de la main et il m'a demandé sur un ton qui ne tolérait pas de réplique :

- Donne-moi le téléphone.

Nous avions préenregistré les numéros d'appel des IED sur mon téléphone. Je me suis rendu compte qu'il me restait une carte à jouer. J'ai sorti le téléphone de ma poche et je le lui ai montré en disant :

- Laisse-la partir et je te donne le code pour le déverrouiller...

Ivan a craché par terre et il a eu un geste d'exaspération avant de m'intimer :

- Donne-moi ce foutu téléphone et ton code, sinon j'abats tout de suite ta petite chérie.

J'étais en mauvaise posture. J'avais l'impression de sentir la haine de Julien dégouliner dans mon dos. Il n'attendait qu'un signal pour me tirer dessus. J'ai regardé à nouveau Julien et ce que j'ai vu m'a fait trembler. Le sac de sport à ses pieds était entrouvert et il avait maintenant un AK-47 dans les mains. De là où j'étais, je pouvais distinguer plusieurs autres armes automatiques, et ce qui ressemblait fort à des grenades. Ivan m'a alors hurlé :

- Donne-moi ce foutu téléphone !...

Je le lui ai jeté. J'ai commencé à repousser Marie, doucement, pour lui faire comprendre qu'il fallait qu'elle se décolle de moi. Elle résistait. Alors j'ai murmuré à son oreille :

- À mon signal, tu te jettes par terre...

Elle s'est détachée de moi, me regardant d'un air interrogatif. Ivan avait ramassé le téléphone et, le tenant en main, m'a dit :

- Donne-moi ton code, maintenant.

C'était la date de ma rencontre amoureuse avec Marie.

- 2404

Il l'a composé et il a eu un rictus de satisfaction. Puis il y a eu un sourire mauvais :

- Fais tes prières. Vous allez être les premiers à y passer. Julien, depuis le temps que tu veux te le faire...

J'avais encore une toute petite chance. Si je roulais à terre au bon moment, Julien était assez maladroit pour arroser son mentor car nous étions juste entre les deux. Mais il fallait que Marie s'éloigne de moi. Elle était encore trop proche. Je l'ai attirée vers moi et je l'ai embrassée avec fougue. Puis je me suis retourné vers Ivan en la repoussant avec force, au point qu'elle a manqué perdre l'équilibre à deux mètres de moi, et j'ai dit en rigolant :

- Ce n'est pas si simple. J'ai implémenté un code de mise à feu. Tant que je ne te le donne pas, mes joujous ne te serviront à rien...

Il a semblé interloqué. Je pouvais tirer parti du fait qu'il ne comprenait rien à la technologie. Il a appuyé avec colère sur une des touches préprogrammées, il a écouté la sonnerie et le message sur la boite vocale. Puis il m'a regardé et a murmuré :

- Mon salop...

J'ai souri en faisant un pas vers lui, les mains ouvertes. Je l'ai nargué :

- Il faut toujours avoir un moyen de négociation, n'est-ce pas ?

Je pouvais voir qu'il hésitait maintenant sur la marche à suivre avec moi. Il a demandé, rageur :

- Quel est ce foutu code ?

J'ai fait encore un pas vers lui. Dans ma vision périphérique, j'ai vu que Marie avait compris et venait de faire un pas en arrière. J'ai continué à sourire en disant :

- Seulement si tu laisses partir Marie...

Il a agité son arme, la pointant vers elle. J'ai tremblé un instant tandis qu'il menaçait :

- Je vais l'abattre...

C'était comme au poker. Une fois qu'on a commencé à bluffer, il ne faut surtout pas reculer alors j'ai continué en faisant encore un pas :

- Alors tu n'auras jamais le code. Je préfère mourir.

Je n'étais plus qu'à deux mètres. J'allais bientôt pouvoir me jeter dans ses jambes. Il était assez saoul pour ne pas avoir de bon réflexes. Mais il est devenu hystérique en pointant à nouveau son flingue sur moi. Il était sur le point d'appuyer sur la gâchette :

- C'est ce qui va t'arriver. Tu vas mourir...

Je me suis arrêté et je l'ai regardé droit dans les yeux, sans ciller :

- Laisses partir Marie. De toute façon, vous allez y rester. Elle ne représente aucun danger pour vous...

C'est à ce moment où je m'en remettais à Dieu que les arbres se sont mis à bouger. Ivan a vacillé comme frappé à tête par quelque chose que je n'ai pas distingué clairement, et deux ombres se sont jetées sur lui. J'ai plongé au sol par réflexe, et bien m'en a pris car il y a eu une rafale dans mon dos, mais les balles sont allées se perdre dans les frondaisons d'un arbre. Me retournant dans ma galipette, j'ai vu que Marie était à terre, comme évanouie, et que Julien était assailli lui aussi par une ombre qui s'était jetée sur lui. En quelques instants, il était neutralisé tandis qu'Ivan gisait au sol, inconscient. Je me suis relevé et j'ai couru à Marie, je me suis agenouillé au-dessus de son visage. Elle avait les yeux ouverts. Elle pleurait et elle me souriait dans ses larmes. Nous sommes restés quelques secondes interminables les yeux dans les yeux. Alors je me suis relevé et j'ai levé les mains en l'air. À nouveau, un arbre a bougé devant moi et il en est sorti une forme humaine, d'abord complètement noire. Puis elle semblé enlever un masque ou une cagoule, et c'est un visage féminin jeune et encadré de cheveux blonds qui m'est apparu et m'a dit :

-	Baissez les mains. Nous ne vous ferons aucun mal.

En quelques instants, le sous-bois s'est mis à grouiller de silhouettes en noir. Ils ont inspecté les sacs. Plusieurs d'entre eux sont bientôt arrivés avec les IED qu'ils ont entassé dans un autre sac après que l'un d'eux les ait examiné avec circonspection. J'ai dit :

- Ils sont neutralisés. J'ai veillé à ce qu'ils ne risquent pas d'exploser.

La jeune femme, qui semblait commander l'unité, a rétorqué :

- Nous le savons. Nous savons à peu près tout ce qui vous concerne, vous et vos amis. Mais c'est tout de même de la TNT...

Mon cœur a lâché. J'ai eu besoin de m'asseoir un moment. Ils savaient à peu près tout. Cela voulait dire que j'aurais du mal à m'en sortir parce que les apparences allaient jouer contre moi : je pouvais toujours protester de mon intention de neutraliser Ivan, arguer que j'avais eu des scrupules et neutralisé les engins explosifs que j'avais fabriqué, j'avais participé à un complot mettant la vie d'autrui en danger. Je n'en menais pas large. Ce qui était curieux, c'est qu'une heure auparavant j'étais prêt à m'immoler par le feu et là, l'idée de ne plus revoir Marie me mettait au supplice. Et qu'allait-elle penser de moi ? J'avais trahi sa confiance, je l'avais mise en danger...

Ils ont évacué Ivan et Julien chacun sur une civière après leur avoir injecté quelque chose. Marie s'était relevée. Ils se sont montrés prévenant : se sentait-elle capable de marcher ? Elle a hoché la tête en disant qu'elle allait bien et s'est accrochée à mon bras. Elle ne voulait pas me quitter. J'étais curieux, j'ai interrogé la jeune femme sur la façon dont ils s'étaient dissimulé dans le bosquet : vous avez une cape d'invisibilité ou quoi ? Elle a souri, et elle a dit qu'il y avait des technologies dont personne ne parlait pour le plus grand bénéfice de tous. Et puis elle a fait un signe de tête à deux gars qui se sont placés derrière moi et elle nous a invité à la suivre.

En sortant du sous-bois, j'ai remarqué un fil rouge qui l'entourait à bonne distance : ils avaient mis en place un périmètre de sécurité dès que nous étions entrés dans le bosquet. Nous n'avions jamais risqué de faire du mal à qui que ce soit sinon à nous-mêmes. Je regardais par terre en traversant encore une fois le parc, encadré par les hommes en noir. J'avais honte. Ils nous ont fait monter dans une voiture banalisée. La jeune femme est montée devant. Nous avons roulé vingt minutes avant d'arriver devant un grand bâtiment. Ils nous ont courtoisement ouvert la porte et invité à les suivre. Nous avons pris un ascenseur pour aller à un étage supérieur, et là, ils m'ont laissé dans un salon rouge en nous disant d'attendre un moment.

Dès que la porte s'est refermée, Marie s'est précipitée dans mes bras. Elle m'a serré longuement, nous nous sommes embrassés et je lui ai demandé ce qui lui était arrivé. Elle m'a raconté que le jeune homme qui nous avait menacé dans le bois était venu à la bibliothèque et lui avait dit que j'avais un gros problème, qu'il fallait qu'elle vienne tout de suite. Comme elle s'étonnait de ce que je ne l'avais pas appelée, il lui avait donné à lire une lettre que j'avais laissé pour elle, dans laquelle je lui disais que je m'apprêtais à faire une grosse connerie, que j'étais désolé, etc. Elle avait lu ma lettre ! Je ne savais plus où me mettre tout à coup. Mais elle m'a rassuré. Elle comprenait que j'avais livré un difficile combat dont je ne pouvais pas lui parler, et elle avait surtout retenu de ma lettre que j'avais envie de faire un enfant avec elle. Et elle voulait bien y penser, m'a-t-elle alors dit en souriant...

Après quelques minutes, on est venu nous chercher. Nous avons été séparé. Une jeune femme souriante a dit à Marie de la suivre pour un examen médical et psychologique. Ce ne serait pas très long et on allait ensuite la raccompagner chez elle. Marie a dit qu'elle préférait m'attendre là. La femme lui a dit que cela risquait de prendre du temps en ce qui me concernait mais Marie a dit que cela lui importait peu, puis elle est partie avec elle. L'hôtesse est revenue me chercher quelques minutes après, pendant lesquelles j'ai admiré les estampes japonaises qui décoraient le salon, et m'a conduit à un bureau vitré dans lequel m'attendaient la jeune femme que j'avais vue dans le bois et deux hommes, qui discutaient. L'un était jeune et svelte, l'autre plus âgé avec un crâne dégarni. Ils étaient en train de parler quand je suis arrivé et se sont interrompus pour m'accueillir avec un sourire engageant. Je les ai salué, méfiant.

Ils m'ont fait m'asseoir et ils ont procédé à une vérification d'identité. J'avais un peu de mal à rassembler mes esprits mais oui, je m'appelais bien encore Claude Savignac. Le jeune homme a enchaîné en disant que j'étais sous surveillance depuis le moment où Julien avait commencé à questionner ses amis pour essayer de trouver des armes. La femme a ajouté qu'ils pensaient que je l'avais échappé belle. Puis le troisième a demandé si j'acceptais de me soumettre au détecteur de mensonges, ce à quoi je ne me suis pas opposé. Alors ils m'ont simplement mis un bracelet au poignet. Puis ils m'ont posé des questions et j'ai déballé toute l'histoire. J'ai dit mes doutes après le grand tournant et comment j'avais rencontré Ivan, comment nos esprits s'étaient échauffés et comment je pensais encore rendre service à la communauté en permettant à l'ombre de s'incarner, mais aussi comment je m'étais rendu compte à partir d'un certain point que nous étions allés trop loin, que je ne pouvais plus me retirer mais que je ne pouvais pas non plus permettre que notre folie fasse des victimes. Je leur ai dit mes intentions de me jeter sur Ivan pour l'empêcher de tirer, puis de me suicider par le feu. Le détecteur de mensonges a dû confirmer ce que je disais car il ne m'ont pas posé d'autres questions. J'étais très calme. Quoiqu'il arrive, le pire était passé.

Un silence a flotté dans la salle, et puis l'homme le plus jeune a pris la parole et a dit que j'avais fait un remarquable boulot d'infiltration. Ils auraient eu du mal à intercepter Ivan s'il avait agi en loup solitaire, ce qui aurait sans doute été le cas tôt ou tard. Ils avaient vérifié les IED, a-t-il ajouté, et c'était du boulot de professionnel tout à fait maîtrisé, les engins ne risquaient pas d'exploser. J'ai commencé à me détendre. J'étais un peu surpris mais je me rappelais avoir lu que l'on privilégiait désormais une approche positive pour favoriser la réhabilitation de ceux qui étaient sortis du droit chemin en soulignant leurs qualités plutôt que leurs manquements. La femme avait alors pris la parole et dit à l'homme mûr qu'ils avaient intercepté une conversation où j'avais proposé une porte de sortie à Ivan et qu'il ne l'avait pas prise. Ils avaient espionné nos conversations jusque dans la rue ! J'étais offusqué. Cela a du se voir car elle s'est tournée vers moi et a ajouté qu'à partir du moment où des vies étaient en jeu, ils ne prenaient aucun risque. D'ailleurs, a-t-elle ajouté, ils avaient lu mon journal. Elle a souri :

-    Je vous ai dit que nous savions presque tout de vous...

Je comprenais. J'en aurais fait autant. Elle s'est alors retournée vers celui que je considérais de plus en plus comme leur supérieur pour dire que tous les éléments qu'ils avaient en main laissaient entendre que j'avais mené une difficile bataille avec les démons de mon passé. Elle a mentionné une discussion que j'avais eu avec Marie à ce sujet. Là j'ai sursauté d'indignation : ils avaient espionné aussi mes échanges avec Marie. Et puis je suis retombé sur ma chaise : je l'avais bien cherché. À partir du moment où j'avais accepté de discuter avec un porteur de flingue qui voulait tirer dans le tas, je n'avais plus rien à dire. Elle a poursuivi son discours, dont j'avais perdu des bouts en m'égarant dans mes pensées. Quand j'en ai repris le fil, elle disait qu'ils avaient compris que j'étais en danger quand ils avaient observé que Julien me faisait suivre par ses amis malfrats, puis qu'il avait ramené des armes automatiques sans qu'Ivan ne m'en parle. À partir de ce moment-là, mes jours étaient comptés : Ivan et Julien m'utilisaient pour les engins explosifs mais ils menaient leur projet meurtrier sans moi. Mais, ajouta-t-elle, j'avais livré ma propre bataille contre l'ombre et je l'avais gagnée, et ils étaient heureux que je m'en soit sorti entier. J'étais soufflé.

Alors l'homme que je prenais pour un responsable de haut niveau a pris la parole et ses mots me sont restés gravés dans le cœur. Il m'a dit que j'avais entièrement raison de me préoccuper de la vulnérabilité de la société devant les assauts de l'obscurité. Il a indiqué en souriant que je faisais maintenant partie des rares qui connaissaient l'envers du décor, et en particulier l'existence de ceux qu'il a appelé les « gardiens de l'ombre », dont faisait partie l'équipe qui avait arrêté Ivan et Julien, et qui m'avait sauvé la vie. Non que leur existence soit secrète mais sa mission même impliquait qu'elle soit discrète, et que les moyens dont ils disposaient ne soient pas bien connus. Et il ajouté que mon profil pouvait les intéresser, non sur le plan opérationnel car j'avais passé l'âge, mais sur le plan psychologique...

J'étais stupéfait. Il m'a regardé en souriant et il a continué en expliquant que notre société était engagée dans une fantastique expérience d'ouverture mais que cela ne voulait pas dire que nous soyons à l'abri des dangers du pouvoir et de la violence. On pouvait espérer qu'en deux ou trois générations, nous réduirions ces dangers à une proportion infime mais pour l'instant, il y avait trop de souffrance résiduelle encore pour que nous puissions baisser la garde. Les gardiens de l'ombre étaient des individus qui avaient tous eu affaire à l'ombre à titre personnel, et qui avaient démontré qu'ils étaient capables de lui résister en conscience. À la différence des forces de police de l'ancien monde, il n'était pas question de mettre une force létale entre les mains de personnes aveugles par rapport à leur propre complexe de puissance, leur ombre et leur souffrance. Un travail préalable de conscience était requis.

Ils disposaient désormais de moyens considérables, que ce soient de surveillance ou d'intervention. Ils entretenaient eux-mêmes un « milieu » où les personnes attirées par l'ombre pouvaient approcher des petits trafiquants qui étaient sous surveillance constante. Les tentatives pour se procurer des armes étaient rapidement détectées. Le matériel et les substances nécessaires à la fabrication d'explosifs ainsi que d'armes chimiques, biologiques ou nucléaires étaient soigneusement contrôlés. Il rit en disant qu'ils bénéficiaient en cela de l'expérience de décennies à lutter contre le terrorisme, et que désormais, à part les fous furieux, même les anciens terroristes coopéraient. Mais en conclusion, la plus grande force des gardiens de l'ombre était leur discrétion.

J'ai objecté que tout cela me semblait faire le lit d'une effroyable dictature dans laquelle la population croyait vivre dans un monde idyllique tandis qu'en sous-main, la guerre de l'ombre continuait. Il a hoché la tête. Puis il a dit que les gardiens de l'ombre étaient eux-mêmes soumis à une surveillance continuelle et que cela faisait partie du contrat. C'était là une différence majeure avec l'ancien monde : toute personne requérant le privilège d'exercer une charge publique, qu'elle soit de police ou de responsabilité, renonçait à la vie privée garantie aux simples citoyens et acceptait de vivre dans une transparence à peu près totale. Cela voulait dire que ses communications étaient susceptibles d'être écoutées en permanence et que ses actes étaient enregistrés pour être scrutés par d'autres gardiens de l'ombre. Et tous les dossiers litigieux étaient soumis aux sages, ajouta-t-il, avec un sourire. Et puis il s'est tu.

Je suis resté un moment silencieux à penser à tout ce qu'il venait de me dire et puis j'ai interrogé : des sages ? Quels sages ? Sur un signe de tête c'est le jeune homme qui a poursuivi en me disant en préalable qu'il avait étudié les sciences politiques et en m'expliquant qu'on savait depuis longtemps comment garantir le meilleur fonctionnement d'une démocratie. Il fallait que le plus de gens possibles soient associés aux prises de décision et qu'on vise alors à la plus large unanimité, de façon à ce que tous les points de vue soient pris en compte. Il fallait aussi que tous les mandats électifs soient doublés, c'est-à-dire qu'on élisait aux postes de responsabilité des représentants des deux points de vue dominant, de façon à ce que les deux côtés de la dualité soient représentés et se contrôlent mutuellement, se limitent réciproquement dans leurs possibles abus. Enfin tout ce beau monde devait dépendre d'une instance incorruptible car secrète et imprévisible, impossible à manipuler, et c'était le rôle des sages. Il m'énervait : j'avais lu beaucoup de choses sur le nouveau système démocratique qu'on mettait en place et il ne m'apprenait rien, sauf ce qui concernait le rôle de ces sages.

Il s'agissait de personnes tirées au sort dans la population, dont l'identité demeurait toujours secrète, et qui se réunissaient pour trancher des points litigieux que les instances démocratiques ne pouvaient résoudre. N'importe qui pouvait être appelé à siéger sur les conseils de sages à partir du moment où la personne avait l'âge requis et ne présentait pas de problème grave de santé mentale. Il était possible de refuser mais une fois le rôle des sages bien expliqué, il était rare que le mandat soit refusé. C'était un mandat limité dans le temps et non renouvelable, on ne pouvait être sage qu'une fois dans sa vie. Les sages recevaient une formation de base aux méthodes utilisées dans les conseils mais étaient laissés entièrement libres de leurs décisions. Ils devaient cependant se soumettre eux aussi à une transparence absolue et à une totale discrétion : leur mandat était révoqué à partir du moment où leur fonction était connue par d'autres, incluant les autres sages du conseil. Leur anonymat était garanti même pendant leurs travaux, de façon à ne pouvoir subir aucune pression.

Son discours m'a agacé : il y avait une faille logique évidente. Comment les sages pouvaient-ils être surveillés si personne ne connaissait leur identité ? Bien sûr, a-t-il répondu en souriant, il y avait une exception et c'était encore le rôle des gardiens de l'ombre. À chaque sage, un gardien spécifique était attaché comme son ombre, et ce gardien était le seul à connaître l'identité du sage qui constituait, dans leur jargon, sa lumière. Le gardien était lui-même soumis à la surveillance de ses pairs et ne pouvait donc rien divulguer. Ombre et lumière allaient de pair. Là j'étais bluffé. Le système avait l'air de tenir debout. Personne ne pouvait penser prendre et détenir le pouvoir tout seul.

Avions-nous trouvé une porte de sortie du piège politique qui empoisonne toute l'histoire connue de l'humanité ? Je me disais que c'était possible, et que cela valait au moins la peine d'essayer. J'ai décidé d'accepter de rejoindre les gardiens de l'ombre. Cela me paraissait assez logique en effet, vu que de toute façon l'ombre m'obsédait et m'obséderait toujours. J'ai exprimé mes pensées à voix haute et j'ai vu un large sourire se dessiner sur le visage de mes interlocuteurs. Le responsable m'a dit alors que la règle chez les gardiens, c'était qu'ils étaient toujours les gardiens de leur propre ombre, et que leurs collègues leur prêtaient main forte dans ce difficile combat qui est notre lot à tous. Il a ajouté que nous pouvions bénéficier à tout moment de séances de supervision pour nous aider à composer avec les difficultés que nous rencontrions.

Cela m'a fait penser à Ivan et Julien, qu'allaient-ils devenir ? Il m'a rassuré. Ils allaient passer en procès, un procès qui viserait en fait à les aider à prendre conscience de la gravité des actes qu'ils s'apprêtaient à poser et à explorer avec eux les voies de leur guérison et de leur réhabilitation. Mais ils seraient dans l'impossibilité de remettre les pieds dans cette ville pendant longtemps. Ils allaient devoir refaire leur vie au sens propre. Alors, j'ai posé encore une question. J'avais une théorie pour expliquer pourquoi des hommes comme moi et Ivan n'avions pas vraiment changé au moment du grand tournant. C'était parce que nous avions tué. Même si nous avions tué dans l'exercice de nos fonctions, pour protéger nos vies ou celles de nos camarades. L'ombre la plus noire est toujours liée à la mort, ai-je avancé, et l'on ne peut pas tuer sans devenir sa proie et lui appartenir pour toujours. Qu'en pensait-il ?

J'ai senti l'attention des deux jeunes se tendre vers nous comme si tout à coup, la discussion venait de changer de registre. Mon interlocuteur est devenu grave et m'a dit en me regardant intensément :

- Je crois que vous avez raison, et cela va avec le fait que la mort est la face obscure de Dieu, n'est-ce pas ? Quand nous avons touché à celle-ci, soit que nous ayons tué soit encore que nous ayons souhaité mourir, nous avons touché à plus grand que nous, qui menace toujours de nous écraser. Nous avons quitté le royaume de l'innocence, nous sommes entrés en exil, nous avons mis un pied dans l'autre monde. Mais c'est justement ce qui fait la force des gardiens de l'ombre : nous marchons avec un pied dans la lumière et un pied dans l'obscurité, juste sur la frontière. Nous connaissons les deux côtés, la vie et la mort, et nous savons qu'ils ont besoin l'un de l'autre. Ainsi, nous pouvons la garder, cette frontière...

Il disait clairement quelque chose que je sentais confusément et quand il a évoqué ceux qui ont souhaité mourir, j'ai pensé à Julien avec, pour la première fois, un élan de sympathie. Cet homme était un sage, ai-je pensé. Nous aurions pu continuer à discuter longtemps mais il s'est levé et m'a serré la main en me disant encore :

-       Vous ferez un excellent gardien, car je crois que vous avez compris que nous ne pouvons pas juger ceux qui se font dévorer par l'ombre. Nous ne pouvons leur offrir que notre compassion qui n'est cependant pas dépourvue de rigueur, en conscience...

Je l'ai remercié, ainsi que ses deux acolytes qui m'ont aussi serré la main. L'homme que je prenais pour un responsable s'est présenté alors comme le superviseur du recrutement et de la formation des gardiens de l'ombre pour notre ville, et il m'a demandé si je préférais écrire ou parler. J'ai ri. Je préfère écrire, j'ai toujours aimé écrire. Alors, il m'a dit que ma formation commencerait par le fait d'écrire le récit détaillé du cheminement qui m'a amené à postuler à l'honneur de devenir un gardien. Enfin, il m'a laissé rejoindre Marie qui m'attendait tranquillement dans le salon rouge. Quand je suis arrivé, elle était assise et elle avait les yeux clos, elle semblait méditer. Je suis à peine entré dans la pièce qu'elle a ouvert les yeux et s'est levée pour venir dans mes bras. Nous sommes rentrés chez elle, qui est bientôt devenu chez moi, et dès le lendemain, j'ai commencé à rédiger mon histoire. Car la seule façon d'en finir avec les ombres, m'a-t-il alors semblé, c'est de les fixer sur le papier comme on épingle un papillon.

Et c'est donc ce récit que vous tenez entre vos mains, qui est aussi celui de mon retour à la maison du cœur après un long exil intérieur. Une maison où il fait bon vivre désormais.

A PROPOS DE L'AUTEUR

Jean Gagliardi est né en France mais a vécu 25 ans au Québec avant de revenir vivre en Europe. Après une carrière créative en informatique, il se consacre désormais à l'écriture et à son second métier : l'analyse des rêves. Il est l'auteur de plusieurs blogues et d'un livre sur le travail avec les rêves intitulé « Feu et vent, l'émergence du Soi à travers les rêves ».

Blogue « la voie du rêve » : htttp://voiedureve.blogspot.com

Blogue « la joie d'être un âne » : http://jubilarium.blogspot.com

Pour tout contact :

jean.gagliardi@gmail.com

ÉDITIONS MULTIMÉDIA

le cœur du monde au creux de l'oreille

Tout, dans l'Univers, est interconnecté.

Cette révélation de la physique quantique génère espoir et inspiration dans un monde où la vision réductrice de l'Occidental du XXème siècle, son ethnocentrisme et son avidité ont provoqué la séparation et l'isolement. Aujourd'hui, l'intuition des liens qui unissent le Vivant n'est plus ravalée au rang de fantaisie poétique ou ésotérique. Les savants redécouvrent et apportent de rassurantes preuves scientifiques, mais les Anciens savaient bien des choses de cette Trame mouvante et invisible qui sous-tend le monde.

Les lois subtiles de la Vie - qui ne sont pas celles, morales, du Monde Ordinaire - étaient autrefois transmises de bouche à oreille dans les récits dits de tradition orale, de la berceuse à l'épopée, en passant par le mythe et le conte. Ces récits avaient pour fonction de semer des graines de connaissance, d'initier, d'échelon en échelon; et comprenait plus en profondeur qui pouvait.

Aujourd'hui, dans nos sociétés, nous avons des éducateurs, certes, mais où sont les initiateurs, ces mentors qui fournissent l'équipement magique pour inviter chacun à partir à la conquête de sa légende personnelle ?

Comment s'étonner de rencontrer tant d'adolescents à la pensée chaotique ? Ils sont prêts à se lancer dans des défis stupides et dangereux, car ils ne savent pas d'où ils viennent. Leur âme assoiffée n'a reçu que trop peu de nourriture spirituelle. Ils sont bon gibier pour les extrémistes de tout bord. Comment s'étonner de voir tant de vieillards sombrer dans l'oubli d'eux-mêmes ? Après une existence passée à poursuivre les chimères de la société de consommation, ils ne savent pas où ils vont. Ils errent. Ils ne trouvent plus le chemin de retour à eux-mêmes, à leur intériorité.

De toute éternité, la Trame a envoyé des messages dans le Monde Ordinaire: coïncidences, intersignes, synchronicités...ou des messagers, qui bien souvent ont des ailes. L' oie sauvage est de ce petit peuple-là. *Anser fabalis* est le nom savant de l'oie des moissons, celle qui, avec sa bande, traverse le continent du Nord au Sud et puis du Sud au Nord en poussant des cris d'enthousiasme qui ravissent les cœurs.

Anser fabulis appartient à une espèce un peu différente - à l'espèce fabulatrice- et vous ne trouverez son nom dans aucun dictionnaire.

Anser fabulis, c'est l'oie des fables, l'oie colporteuse d'histoires (de celles qu'elle entend au cours de son voyage ou de celle qu'elle sait de très vieille mémoire). Ma Mère l'Oye appartient à cette espèce-là et de l'oye à l'ouïe, la distance n'est que d'un cheveu d'ange.

Anser Fabulis est le nom de notre Maison d'Édition multimédia. Notre objectif est d'aider à renouer le lien rompu avec la tradition. Nous souhaitons redonner souffle, sève et âme aux récits anciens , les revisiter avec notre regard d'aujourd'hui et les donner à entendre à nos contemporains. Ouvrir un espace aussi aux récits de vie. Comme les oies sauvages, nous sommes gens de plumes, de pinceaux et d'ouïe.

Nous sommes conteurs, chanteurs, auteurs et imagiers. Nous nous produisons régulièrement sur scène. Cependant notre désir est de toucher plus largement les gens en nous invitant chez eux, en nous glissant sur leurs tablettes numériques, en murmurant dans leurs écouteurs.

Notre proposition sera riche de plusieurs collections: des berceuses, des contes merveilleux, des grands récits épiques ou mythologiques, des récits de vie et des films d'animation.

Nous vous invitons chaleureusement à entrer dans le cercle.